Knaur

Von Maeve Binchy sind außerdem erschienen:

Cathys Traum
Sommerleuchten
Der grüne See
Die Straßen von London
Echo vergangener Tage
Jeden Freitagabend
Silberhochzeit
Unter der Blutbuche
Die irische Signora
Im Kreis der Freunde
Ein Haus in Irland
Rückkehr nach Irland
Irische Freundschaften

Über die Autorin:

Maeve Binchy wurde in Dublin geboren, studierte Geschichte und arbeitete als Lehrerin. 1969 ging sie als Kolumnistin zur *Irish Times*. Sie hat zahlreiche Romane, Kurzgeschichten und Theaterstücke geschrieben. Ihre Romane wurden in England, den USA und in Deutschland zu Bestsellern.

Maeve Binchy

Miss Martins größter Wunsch

und andere Weihnachtsgeschichten

Roman

Aus dem Englischen von
Gerlinde Schermer-Rauwolf und Robert A. Weiß,
Kollektiv Druck-Reif

Knaur

Die englische Originalausgabe erschien unter dem Titel
»This Year It Will Be Different«.

Besuchen Sie uns im Internet:
www.knaur.de

Vollständige Taschenbuchausgabe 2002
Droemersche Verlagsanstalt Th. Knaur Nachf., München
Dieser Titel erschien bereits unter den
Bandnummern 60535 und 71133.

Umschlaggestaltung: ZERO Werbeagentur, München
Umschlagabbildung: Getty Images Germany, Rosanne Olson
Satz: Ventura Publisher im Verlag
Druck und Bindung: Ebner & Spiegel, Ulm
Printed in Germany
ISBN 3-426-62371-4

2 4 5 3 1

INHALT

EINE HOFFNUNGSVOLLE REISE

Im Büro waren alle sehr neidisch, als Meg ihnen erzählte, daß sie am 11. Dezember für einen Monat nach Australien fliegen würde.

»Ach, das Wetter«, schwärmten sie. »Das Wetter.«

Ihr würden die naßkalten Wochen in London erspart bleiben, wenn auf den Straßen so dichtes Gedränge herrschte, daß der Verkehr steckenblieb, die Menschen hektisch wurden und das Weihnachtsgeschäft die Kassen klingeln ließ.

»Meg hat's gut«, seufzten alle, und selbst die jüngeren, die Mädchen unter dreißig, schienen vor Neid fast zu platzen. Bei diesem Gedanken lächelte Meg in sich hinein.

Denn obwohl sie erst dreiundfünfzig war, also noch nicht so schrecklich alt, wußte sie doch, daß sie nach Meinung der meisten ihrer Kolleginnen die besten Jahre schon weit hinter sich hatte. Es war bekannt, daß ihr erwachsener Sohn in Australien lebte, doch weil gleichfalls alle wußten, daß er verheiratet war, interessierte sich keine für ihn. Deshalb, und weil er nie nach Hause kam, um seine Mum zu besuchen. Denn verheiratet oder nicht, sie wären sehr wohl interessiert gewesen, hätten sie ihren gutaussehenden Robert zu Gesicht bekommen. Robert, den ehemaligen Kapitän der Schulmannschaft, mit den vielen Einsen im Zeugnis. Den fünfundzwanzigjährigen Robert, der ein Mädchen namens Rosa geheiratet hatte, eine Griechin, die Meg bisher noch nicht kennengelernt hatte.

In Roberts Brief hatte gestanden, daß sie die Hochzeit im kleinen Kreis feiern wollten. Aber so klein schien die Feier nicht gewesen zu sein, fiel Meg auf, als sie die Fotos mit den Dutzenden und Aberdutzenden von griechischen Verwandten und Freunden betrachtete. Nur die Familie des Bräutigams fehlte. Doch sie versuchte, sich nichts anmerken zu lassen, als sie am Telefon darauf zu sprechen kam. Ungeduldig, wie sie es nicht anders erwartet hatte, fuhr ihr Robert über den Mund.

»Nur die Ruhe, Mum«, hatte er gesagt; diese Redewendung gebrauchte er, seit er als Fünfjähriger mit einem blutdurchtränkten Verband ums Knie heimgekommen war.

»Rosas Familie lebt hier, aber du und Dad hätten Tausende von Meilen zurücklegen müssen. So wichtig ist das doch nicht. Du kommst eben später mal, wenn wir alle mehr Zeit zum Reden haben.«

Und natürlich hatte er recht gehabt. Eine Hochzeit, auf der die meisten Gäste Griechisch sprachen, auf der sie Gerald, ihren Ex-Ehemann, und wahrscheinlich auch seine vorlaute kleine Frau hätte wiedersehen müssen, sich mit ihnen hätte unterhalten müs-

sen ... es wäre unerträglich gewesen. Robert hatte recht.
Und nun war es soweit, daß sie ihn besuchen und Rosa kennenlernen würde, das schlanke dunkle Mädchen auf den Fotos. Sie würde einen Monat in der Sonne verleben und Orte besuchen, die sie nur aus Zeitschriften oder aus dem Fernsehen kannte. Sobald sie über den Jet-lag hinweg war, wollten sie eine große Begrüßungsparty für sie geben. Anscheinend hielten sie sie für sehr gebrechlich, überlegte Meg, denn sie hatten vier Tage für ihre Erholung eingeplant.
Robert hatte in seinem Brief ganz aufgeregt geklungen: Sie würden mit Meg in den Busch fahren, um ihr das echte Australien zu zeigen. So würde sie nicht nur, wie andere Touristen, ein paar Sehenswürdigkeiten besichtigen, sondern das Land wirklich kennenlernen. Insgeheim wünschte sie, er hätte geschrieben, daß sie den ganzen Tag in dem kleinen Garten sitzen und den Swimmingpool des Nachbarn benutzen könnte. So einen Urlaub hatte Meg noch nie gehabt. Ja, sie hatte viele Jahre überhaupt keinen Urlaub gehabt, da sie jeden Penny zweimal umdrehen mußte, um Robert Kleidung, Fahrräder und die kleinen Extras kaufen zu können, mit denen sie ihn für den Verlust des Vaters zu entschädigen hoffte. Gerald hatte nie etwas für den Jungen getan, außer ihn etwa dreimal im Jahr mit falschen Versprechungen und Hirngespinsten völlig durcheinanderzubringen – und dann mit einer zerschrammten Gitarre, die dem Jungen mehr bedeutet hatte als alles, wofür sich seine Mutter so

schwer abgerackert hatte. Es war in diesem Jahr in Australien gewesen, als er beim Gitarrespielen Rosa kennenlernte und mit ihr eine Liebe und eine Lebensform entdeckte, die er nie wieder missen wollte, wie er seiner Mutter erklärt hatte.

Megs Kolleginnen legten zusammen und kauften ihr einen Koffer, ein wunderbar leichtes Modell, und viel zu schick, fand Meg. Ganz unpassend für jemanden, der nie ins Ausland reiste. Sie konnte kaum fassen, daß es ihr Koffer war, als sie ihn auf dem Flughafen aufgab.

Das Flugzeug sei voll besetzt, teilte man ihr mit, denn um diese Jahreszeit fliege immer die ganze Mischpoke da runter.

»Mischpoke?« fragte Meg verwirrt.

»Großeltern und so«, meinte der junge Mann am Schalter.

Meg hatte sich schon gefragt, ob Rosa wohl schwanger war. Doch dann würden sie doch nie und nimmer in den Busch fahren, wo das auch sein mochte. Frag nicht, hatte sie sich mehr als einmal ermahnt. Stell keine Fragen, die Robert doch nur ärgern.

Sie bestiegen das Flugzeug, und ein großer vierschrötiger Mann neben ihr streckte ihr die Hand zur Begrüßung entgegen.

»Da wir sozusagen zusammen schlafen, sollten wir uns einander vorstellen, finde ich.« Er hatte einen breiten irischen Akzent. »Ich bin Tom O'Neill aus Wicklow.«

»Und ich bin Meg Matthews aus London.« Sie schüttelte ihm die Hand und hoffte, daß er nicht die nächsten vierundzwanzig Stunden reden würde. Denn sie wollte sich innerlich vorbereiten und üben, keine Sachen zu sagen, auf die Robert lediglich erwidern würden: »Nur die Ruhe, Mum.« Doch Tom O'Neill aus Wicklow erwies sich als idealer Sitznachbar. Er hatte ein kleines Schachbrett und ein Buch über knifflige Schachpartien bei sich. Kaum hatte er die Brille auf die Nase gesetzt, ging er methodisch die einzelnen Züge durch. Megs Zeitschrift und ihr Buch blieben ungeöffnet auf ihrem Schoß liegen, denn in Gedanken stellte sie eine Liste auf: Sie würde Robert *nicht* fragen, was er verdiente oder ob er je vorhabe, sein Studium wieder aufzunehmen, das er nach zwei Jahren an der Universität unterbrochen hatte, um sich in Australien selbst zu finden – und dann statt dessen in Kneipen gesungen und Rosa gefunden hatte. Wieder und wieder ermahnte sich Meg, nicht zu jammern, daß er so selten anrief. Während sie gelobte, weder ein tadelndes Wort zu äußern noch über ihre Einsamkeit zu klagen, bewegten sich unwillkürlich ihre Lippen.

»Nur ein paar kleine Luftlöcher«, wollte Tom O'Neill sie beruhigen.

»Wie bitte?«

»Ich hab' geglaubt, Sie beten den Rosenkranz. Und ich wollte Ihnen sagen, daß kein Grund dafür besteht. Heben Sie sich's auf, bis es wirklich schlimm kommt.« Er hatte ein gewinnendes Lächeln.

»Nein, ich bete nie den Rosenkranz. Wirkt das denn?«

»Hin und wieder, würde ich sagen, die Chancen stehen vielleicht eins zu fünfzig. Aber wenn es hilft, sind die Menschen so glücklich darüber, daß sie die anderen neunundvierzigmal vergessen und glauben, es klappt immer.«

»Beten Sie ihn auch?« fragte sie.

»Heute nicht mehr, aber als junger Bursche hab' ich ihn schon aufgesagt. Einmal hat es sensationell geholfen. Ich hab' beim Pferderennen, beim Hunderennen und beim Pokern gewonnen, alles in einer Woche.« Bei der Erinnerung strahlte er vor Glück.

»Um so etwas darf man doch nicht beten. Ich hätte nicht gedacht, daß es beim Wetten und Spielen hilft.«

»Nicht auf lange Sicht«, gestand er reumütig und wandte sich wieder seinem Schachbrett zu.

Meg fiel auf, daß Tom O'Neill keinen Alkohol trank und nur wenig aß; dafür leerte er mehrere Gläser Wasser. Schließlich machte sie eine Bemerkung darüber, daß die Mahlzeiten eine der wenigen Annehmlichkeiten bei einem endlos langen Flug seien und ein Drink beim Einschlafen helfe.

»Ich muß in guter Verfassung sein, wenn wir ankommen«, erwiderte er. »Und ich habe gelesen, das Geheimnis sei literweise Wasser.«

»Sie haben aber ziemlich extreme Einstellungen«, lächelte Meg, halb bewundernd, halb tadelnd.

»Ja, ich weiß«, nickte Tom O'Neill. »Das war in meinem Leben zugleich Fluch und Segen.«

Noch lagen fünfzehn Stunden vor ihnen, weshalb Meg ihn nicht ermutigte, mehr über sich zu erzählen. Nicht so kurz nach Antritt der Reise. Doch als nur noch vier

Stunden vor ihnen lagen, begann sie ihn auszufragen. Es war die Geschichte einer ungebärdigen Tochter. Nachdem die Mutter des Mädchens gestorben war, hatte Tom sie nicht mehr bändigen können. Das Mädchen hatte getan, was es wollte und wann es das wollte. Jetzt lebte sie in Australien. Nicht nur vorübergehend, sondern auf Dauer. Mit einem Mann. Nicht verheiratet, aber *de facto*, wie sie es dort nannten. Sehr liberal, sehr modern. Seine Tochter lebte offen mit einem Mann zusammen und erzählte das sogar mit strahlendem Lächeln den australischen Behörden. Gleichermaßen ärgerlich wie niedergeschlagen schüttelte er den Kopf.

»Tja, Sie werden sich wohl damit abfinden müssen. Ich meine, es hat doch keinen Sinn, den ganzen weiten Weg zu ihr zu fliegen, nur um ihr dann Vorhaltungen zu machen«, meinte Meg. Es war so leicht, sich klug zu den Problemen anderer zu äußern.

Im Gegenzug erzählte sie ihm von Robert und daß man sie nicht zur Hochzeit eingeladen hatte. Ja, war das denn nicht ein Segen, meinte Tom O'Neill. So mußte sie sich nicht mit ihrem Ex unterhalten und mit einer Menge anderer Leute, von denen keiner ihrer Sprache mächtig war. Viel besser, jetzt hinzufahren. Was war schon eine Hochzeit? Nur ein Tag von vielen – wobei *er* unter den gegebenen Umständen wohl kaum je Gelegenheit haben würde, einen solchen zu erleben.

Seine Tochter hieß Deirdre, ein guter irischer Name, aber jetzt unterschrieb sie mit Dee, und ihr Freund nannte sich Fox. Was war das überhaupt für ein Name für einen Mann?

Die Fensterblenden wurden hochgeschoben, und man reichte ihnen Orangensaft und heiße Tücher zum Frischmachen. Zu diesem Zeitpunkt fühlten sich Meg und Tom wie alte Freunde, und es fiel ihnen beinahe schwer, sich zu trennen. Während sie auf ihr Gepäck warteten, erteilten sie einander Ratschläge.

»Sagen Sie nichts von der Hochzeit«, warnte Tom.

»Und Sie schweigen schön brav wegen ›in Sünde leben‹. Heutzutage denkt man eben anders«, bat sie ihn.

»Ich schreibe Ihnen meine Adresse auf«, sagte er.

»Danke, vielen Dank«, erwiderte Meg schuldbewußt, weil sie nicht daran gedacht hatte, ihm die Adresse ihres Sohnes zu geben. Vielleicht, weil sie bei Robert nicht den Eindruck erwecken wollte, sie sei so arm dran, daß sie jedem fremden Iren, den sie im Flugzeug aufgabelte, gleich ihre Telefonnummer aufdrängte.

»Ich geb' sie Ihnen für alle Fälle ... Sie können sich ja mal melden oder so.« Die Enttäuschung in seiner Stimme war nicht zu überhören.

»Ja, eine gute Idee«, bedankte sich Meg.

»Ich meine ja nur. Ein Monat ist eine lange Zeit.«

Vorher hatten sie sich noch darüber unterhalten, wie kurz das war. Doch nun, auf australischem Boden und leicht nervös bei dem Gedanken daran, wie wohl das Treffen mit ihren Kindern verlaufen würde, schien es ihnen zu lang.

»Es ist in Randwick«, setzte Meg an.

»Nein, nein, rufen *Sie* mich an, dann können wir mal

einen Kaffee zusammen trinken oder spazierengehen und uns ein bißchen unterhalten.«
Er sah sehr ängstlich aus. Trotz der vielen Liter Wasser schien er nicht in der Verfassung zu sein, selbstbewußt einem Mann namens Fox gegenüberzutreten. Er sah nicht einmal aus wie ein Mann, der sich daran erinnerte, daß seine Tochter jetzt Dee hieß und sich für praktisch verheiratet hielt, weil sie *de facto* so lebte. In Meg erwachte der Beschützerinstinkt.
»Ganz bestimmt rufe ich Sie an. Ja, ich bin überzeugt, daß wir beide das dringende Bedürfnis haben werden, dem Kulturschock kurzzeitig zu entfliehen«, versicherte sie ihm.
Daß man ihr ihre Besorgnis ansah, wußte sie. Sie fühlte, wie ihre Stirn sich zu runzeln begann und sich die Brauen zusammenzogen. Die Kolleginnen im Büro sagten dann immer, daß Meg wieder mal aus dem Häuschen geriet, während ihr Sohn sie bat, doch bitte die Ruhe zu bewahren. Wie gerne hätte sie sich weiter mit diesem unkomplizierten Mann unterhalten. Warum konnten sie sich nicht hinsetzen, ein Stündchen miteinander plaudern und sich so auf ein ganz anderes Weihnachtsfest einstellen, als sie es kannten – und auf einen fremden Lebensstil.
Plötzlich wurde ihr klar, warum sie beide eigentlich hier waren: Sie waren gekommen, um einem neuen Lebensstil ihren Segen zu erteilen. Tom war hier, um Dee zu sagen, wie froh er sei, daß sie Fox gefunden habe, und daß es ihn nicht kümmere, ob sie ordentlich miteinander verheiratet seien oder nicht. Sie war hier,

um Robert zu sagen, daß sie es gar nicht erwarten könne, ihre Schwiegertochter und deren Familie kennenzulernen; und sie würde tunlichst vermeiden, auch nur die Spur einer Andeutung über ihre Abwesenheit bei der Hochzeit zu machen. Wie schön wäre es, Tom wiederzusehen und zu erfahren, wie alles bei ihm gelaufen war. Wenn sie wirklich alte Freunde gewesen wären, wäre das ganz selbstverständlich gewesen. Doch zwei Alleinstehende mittleren Alters, die sich gerade eben erst im Flugzeug kennengelernt hatten – das bedurfte umständlicher Erklärungen. Vielleicht würde Robert sie bemitleiden. Oder Rosa würde es wunderbar finden, daß Mutter im Flugzeug tatsächlich *jemanden* kennengelernt hatte. Peinlich wäre es in jedem Fall.

»Ich hab' überlegt, daß ich Deirdre, *Dee*, Himmel noch mal, sie heißt Dee, ich darf es nicht vergessen …«, fing Tom an.

»Ja?«

»Ich hab' mir gedacht, daß ich ihr vielleicht sage, wir wären Freunde von früher. Sie verstehen?«

»Ja, ich verstehe«, erwiderte sie mit einem sehr warmherzigen Lächeln.

Sie hätten einander noch viel mehr sagen können, sehr viel mehr. Ja, wenn sie wirklich vorgeben wollten, alte Freunde zu sein, mußten sie eigentlich mehr übereinander wissen. Aber dazu war es jetzt zu spät. Schon schoben sie ihre Kofferkulis durch den Gang, an dessen Ende eine Menge sonnengebräunter, gesund aussehender, junger Australier auf die von der langen

Reise leicht schwankenden und zerknautschten Angehörigen wartete. Überall riefen Menschen, schrien Namen und hielten winkende Kinder hoch. Und das alles mitten im Sommer.

Dort drüben stand auch Robert, in kurzen Hosen, die Beine sonnengebräunt. Er hatte den Arm um ein winziges Mädchen mit riesigen Augen und dunklen Locken gelegt, das bange auf der Unterlippe kaute, während sie den Menschenstrom nach Meg absuchten. Als sie sie dann entdeckten, rief Robert: »Da ist sie!« Ganz als ob niemand sonst die langen Stunden im Flugzeug nach Australien gesessen hätte. Sie umarmten sich, und Rosa schluchzte.

»Du bist noch so jung, viel zu jung, um Großmutter zu werden«, sagte sie und tätschelte voller Stolz ihren kleinen Bauch, worauf Meg ebenfalls zu weinen anfing. Und Robert hielt sie fest im Arm und sagte nichts von wegen »nur die Ruhe, Mum«. Über die Schulter ihres Sohnes hinweg konnte Meg die wunderschöne Tochter von Tom O'Neill sehen, das einst ungebärdige Mädchen, das heute gar nicht mehr so wirkte. Schüchtern stellte sie einen rothaarigen jungen Mann mit Vollmondgesicht und Brille vor, während dieser den Knoten der ungewohnten Krawatte lockerte, die er eigens zur Begrüßung seines Schwiegervaters aus Irland umgebunden hatte. Tom deutete auf sein Haar und machte einen Scherz – vielleicht darüber, daß er jetzt wisse, wie er zu dem Namen Fox gekommen sei; »Rotfuchs« sei zweifellos passend. Jedenfalls lachten alle.

Und nun lachten auch Robert und Rosa, während sie sich noch die Tränen abwischten und Meg zum Wagen führten. Sie schaute sich noch einmal um, ob sie vielleicht einen Blick mit ihrem Freund Tom O'Neill wechseln konnte, dem alten Freund, den sie zufällig im Flugzeug wiedergetroffen hatte. Aber nein, auch er wurde bereits weggeführt. Doch das machte nichts. Sie würden sich hier in Australien wiedersehen, zwei-, dreimal vielleicht, damit sie den jungen Leuten nicht ständig im Weg waren. Aber auch nicht zu oft. Denn ein Monat war sehr kurz für einen Besuch. Und Weihnachten war ein Familienfest. Außerdem konnten sie sich ja jederzeit auf der anderen Seite des Globus wiedersehen, zu einer Zeit und an einem Ort, wo sie nicht mit so vielen anderen Dingen beschäftigt waren.

TYPISCH IRISCHE WEIHNACHTEN …

Alle Kollegen aus dem Büro wollten Ben an Weihnachten zu sich einladen. Es war anstrengend, jedem von neuem versichern zu müssen, daß es ihm wirklich gutgehe.

Und weder seine Miene noch sein Tonfall erweckten den Eindruck, als ginge es ihm wirklich gut. Er war ein großer trauriger Mann, der im vergangenen Frühling seine Frau, die Liebe seines Lebens, verloren hatte. Wie hätte es ihm da gutgehen sollen? Alles erinnerte ihn an Helen: Leute, die es eilig hatten, zu ihrem Rendezvous ins Restaurant zu kommen; Menschen mit Blumensträußen in der Hand; und Paare, die einen gemütlichen Abend zu Hause verbrachten oder zusammen wegfuhren.

Weihnachten würde für Ben einfach schrecklich werden.

Deshalb ließen sich alle irgendeinen Vorwand einfallen, warum Ben unbedingt mit ihnen feiern solle.

Thanksgiving hatte er bei Harry und Jeannie und ihren Kindern verbracht. Nie würden sie erfahren, wie lang ihm die Stunden dort geworden waren, wie trocken der Truthahn und wie fade der Kürbiskuchen geschmeckt hatten – ganz anders als damals, mit Helen.

Zwar hatte er eine fröhliche Miene aufgesetzt, sich bedankt und versucht, an allem Anteil zu nehmen, doch das Herz war ihm schwer wie Blei gewesen. Er hatte Helen versprochen, daß er auch nach ihrem Tod gesellschaftliche Kontakte pflegen und nicht zum Einsiedler werden würde, der den ganzen Tag und die halbe Nacht nur mit seiner Arbeit zubrachte.

Er hatte sein Versprechen nicht gehalten.

Aber Helen hatte nicht geahnt, daß es für ihn so schwer werden würde. Wie hätte sie auch wissen sollen, daß ihn der Verlust wie tausend Messerstiche schmerzte, als er an Thanksgiving zusammen mit Harry und Jeannie am Tisch saß und dabei an das letzte Jahr zurückdachte. Damals war Helen noch gesund und munter gewesen, ohne das geringste Anzeichen der Krankheit, an der sie sterben sollte.

Ben konnte Weihnachten einfach nicht bei irgendwelchen anderen Leuten feiern, beim besten Willen nicht. Es war immer eine ganz besondere Zeit für sie beide gewesen. Stundenlang schmückten sie den Baum, und sie lachten und umarmten sich dabei immer wieder. Helen erzählte ihm von den großen Bäumen in den Wäldern ihrer schwedischen Heimat, während er von den Christbäumen erzählte, die sie in Brooklyn immer erst an Heiligabend gekauft hatten, und zwar in letzter Minute, wenn sie zum halben Preis angeboten wurden.

Sie hatten keine Kinder, doch alle meinten, daß sie sich deshalb nur um so mehr liebten. So konnten sie zwar ihre Liebe mit niemandem teilen, wurden allerdings auch nicht voneinander abgelenkt. Obwohl Helen genauso hart arbeitete wie er, fand sie anscheinend trotzdem immer noch genug Zeit, um Kuchen zu backen, den Plumpudding vorzubereiten und Räucherfisch in eine spezielle Marinade einzulegen.

»Ich möchte sichergehen, daß du mich nicht wegen einer anderen Frau verläßt«, hatte sie gesagt. »Wer sonst könnte dir an Weihnachten ein Menü mit so vielen Gängen bieten?«

Dabei hätte er sie niemals verlassen, und er konnte es nicht fassen, daß sie an jenem sonnigen Frühlingstag wirklich von ihm ging.

Mit irgend jemandem Weihnachten in New York zu verbringen wäre unerträglich für ihn gewesen. Doch die Leute waren alle so nett zu ihm, er konnte ihnen nicht sagen, wie sehr ihm ihre Gastfreundschaft zuwider sein würde. Am besten erzählte er ihnen, er würde fortfahren. Aber wohin?

Auf dem Weg zur Arbeit kam er jeden Morgen an einem Reisebüro vorbei, das mit Bildern von Irland warb. Er wußte nicht, warum er sich ausgerechnet für dieses Land als Urlaubsziel entschied. Vielleicht, weil er mit Helen nie dort gewesen war.

Sie hatte immer gesagt, sie wolle in die Sonne, die Menschen aus dem kalten Norden seien ganz ausgehungert nach Licht und Wärme, deshalb ziehe es sie im Winter nach Mexiko oder in die Karibik. Also waren

sie dorthin gefahren, und Helens blasse Haut nahm einen goldfarbenen Ton an, während sie in selbstvergessener Zweisamkeit dahinspazierten und diejenigen, die allein reisten, kaum wahrnahmen.
Bestimmt hatten sie ihnen zugelächelt, dachte Ben. Helen war so warmherzig und anderen Leuten gegenüber immer so aufgeschlossen gewesen; sicherlich hatten sie sich auch mit einsamen Reisenden unterhalten. Doch er konnte sich nicht mehr daran erinnern.
»Ich fahre über Weihnachten nach Irland«, verkündete Ben mit fester Stimme. »Ein bißchen Arbeit und viel Entspannung.« Es klang, als wüßte er genau, was er wollte.
An den Gesichtern seiner Kollegen und Freunde konnte er ablesen, wie erleichtert sie waren, daß er klare Pläne hatte. Es wunderte ihn, daß sie seine allzu durchsichtige Erklärung so bereitwillig akzeptierten. Aber wenn ihm noch vor ein paar Monaten ein Kollege gesagt hätte, er wolle einen Arbeitsurlaub in Irland verbringen, hätte Ben ebenfalls genickt und sich für seinen Kollegen gefreut.
Im Grunde machte sich niemand sonderlich viele Gedanken um seine Mitmenschen.
Schließlich ging er ins Reisebüro, um seinen Urlaub zu buchen.
Das Mädchen hinter dem Schreibtisch war klein und dunkelhaarig und hatte Sommersprossen auf der Nase, wie Helen sie jedesmal im Sommer bekommen hatte. Wie merkwürdig – Sommersprossen an einem bitterkalten Tag in New York.

An ihrem Jackett war ein Namensschild befestigt: *Fionnula.*
»Das ist aber ein ungewöhnlicher Name«, meinte Ben. Er hatte ihr seine Visitenkarte gegeben mit der Bitte, ihm ausführliches Informationsmaterial zu schicken, wie man einen Weihnachtsurlaub in Irland verbringen könnte.
»Ach, darauf werden Sie in Irland massenhaft stoßen, falls Sie hinfahren«, erwiderte sie. »Sind Sie vor irgend etwas auf der Flucht oder so?«
Ben sah sie verblüfft an; mit einer solchen Frage hatte er nicht gerechnet.
»Wie kommen Sie darauf?« wollte er wissen.
»Nun, auf Ihrer Karte steht, Sie sind Stellvertretender Direktor; solche Leute lassen ihre Buchungen normalerweise von anderen erledigen. Man könnte meinen, Sie wollten es geheimhalten.«
Fionnula sprach mit irischem Akzent, und er hatte irgendwie das Gefühl, als wäre er schon dort, in ihrem Heimatland, wo die Menschen ungewöhnliche Fragen stellten und auch an den Antworten interessiert waren.
»Ja, ich bin tatsächlich auf der Flucht, aber nicht vor dem Gesetz, sondern nur vor meinen Freunden und Kollegen – sie wollen mich ständig in ihre Pläne für die Weihnachtstage einbeziehen, und das möchte ich nicht.«
»Und warum feiern Sie nicht Weihnachten einfach für sich allein?« fragte Fionnula.
»Weil meine Frau letzten April gestorben ist.« So glatt

waren ihm diese Worte noch nie über die Lippen gekommen.
Fionnula dachte darüber nach.
»Nun, dann legen Sie auf großen Rummel wohl nicht allzuviel Wert«, meinte sie.
»Nein, ich möchte nur ein typisch irisches Weihnachten verbringen«, entgegnete er.
»So etwas gibt es nicht, ebensowenig wie ein typisch amerikanisches Weihnachten. Wenn Sie in eine Stadt wollen, kann ich ein Hotel für Sie buchen, das ein Weihnachtsprogramm anbietet, vielleicht mit Rennbahnbesuchen, abendlichem Tanz und Kneipentouren. Oder Sie fahren irgendwohin aufs Land, wo es eine Menge Sportmöglichkeiten und Gelegenheiten zum Jagen gibt ... Vielleicht wollen Sie aber auch eine Kate mieten, wo Sie völlig ungestört sind. Allerdings könnte Ihnen das ein bißchen zu einsam werden.«
»Was würden Sie dann vorschlagen?« fragte Ben.
»Ich kenne Sie nicht, ich weiß nicht, was Sie sich vorstellen. Sie müssen mir mehr von sich erzählen«, erwiderte sie schlicht und direkt.
»Wenn Sie das jedem Kunden raten, können Sie aber kaum Umsatz machen. Da brauchen Sie ja drei Wochen für jede Buchung.«
Fionnula sah ihm offen ins Gesicht. »Das sage ich nicht zu jedem. Aber bei Ihnen ist das etwas anderes; Sie haben Ihre Frau verloren. Deshalb ist es wichtig, daß wir das Richtige für Sie finden.«
Sie hat recht, dachte Ben, ich habe meine Frau verloren. Tränen traten ihm in die Augen.

»Dann kommt ein Aufenthalt bei einer Familie wohl nicht in Frage«, meinte Fionnula. Sie tat, als würde sie nicht bemerken, daß er um Fassung rang.
»Nein. Außer bei Menschen, die ebenso verschlossene Eigenbrötler sind wie ich. Aber die würden dann nicht wollen, daß jemand bei ihnen wohnt.«
»Sie haben es wirklich nicht leicht«, sagte sie voller Mitgefühl.
»Darüber muß man eben hinwegkommen. In dieser Stadt gibt es bestimmt eine Menge Leute, die einen anderen Menschen verloren haben.« Ben zog sich wieder in sein Schneckenhaus zurück.
»Sie könnten bei meinem Dad wohnen«, sagte sie.
»Was?«
»Sie würden mir einen großen Gefallen tun, wenn Sie zu ihm fahren und bei ihm wohnen würden. Er ist ein noch verschlossenerer Eigenbrötler als Sie, und er ist zu Weihnachten allein.«
»Nun ja, aber ...«
»Und er lebt in einem großen steinernen Bauernhaus und hat zwei Collies, mit denen man jeden Tag kilometerlange Strandspaziergänge machen muß. Ein paar hundert Meter vom Haus entfernt gibt es einen prima Pub. Allerdings hat mein Vater keinen Christbaum, weil ihn sowieso keiner anschauen würde außer ihm.«
»Und warum sind Sie nicht bei ihm?« wandte sich Ben nun ebenso unverblümt an Fionnula, dieses Mädchen, das er gerade erst kennengelernt hatte.
»Weil ich einem Mann aus meinem Heimatdorf bis

hierher nach New York City gefolgt bin. Ich dachte, er würde mich lieben und es wäre gut so.«

Auch ohne nachzufragen, wußte Ben, daß dies offensichtlich nicht der Fall gewesen war.

Fionnula fuhr fort: »Es sind einige böse Worte zwischen mir und meinem Vater gefallen. Deshalb bin ich hier, und er lebt dort.«

Ben musterte sie. »Aber Sie könnten Ihn doch anrufen, und er Sie.«

»Das ist nicht so leicht. Jeder von uns hat wohl Angst, daß der andere auflegen könnte. Wenn man gar nicht erst anruft, kann das nicht passieren.«

»Dann soll ich also als Friedensstifter fungieren«, schloß Ben.

»Sie haben ein nettes, sympathisches Gesicht, und Sie haben sonst nichts zu tun«, meinte sie.

Die Collies hießen Sunset und Seaweed. Niall O'Connor meinte entschuldigend, es seien die blödesten Namen, die man sich vorstellen könne; seine Tochter habe sie ausgesucht. Aber Hunden müsse man eben die Treue halten.

»Wie Töchtern auch«, bemerkte Ben, der Friedensstifter.

»Tja, das stimmt wohl«, erwiderte Fionnulas Vater.

Im Ort kauften sie alles für ihr Weihnachtsessen ein: Steaks und Zwiebeln, Schmelzkäse und teure Eiscreme mit Schokoladenstückchen darin.

An Heiligabend besuchten sie die Christmette.

Niall O'Connor erzählte Ben, seine Frau habe ebenfalls Helen geheißen, worauf sie beide eine ganze

Weile vor sich hin weinten. Doch als sie am nächsten Tag ihre Steaks brieten, verlor keiner ein Wort über die Tränen.
Sie spazierten über die Hügel und erkundeten die Seen, und bei Besuchen in der Nachbarschaft hörten sie den neuesten Klatsch.
Der Termin für Bens Rückflug war nicht festgelegt worden.
»Ich muß Fionnula anrufen«, sagte er.
»Nun, sie ist Ihre Reisevermittlerin«, meinte Niall O'Connor.
»Und Ihre Tochter«, ergänzte Ben, der Friedensstifter.
Fionnula erzählte, in New York sei es kalt, aber nun sei wieder der Arbeitsalltag eingekehrt, im Gegensatz zu Irland, wo wohl für mindestens zwei Wochen alles geschlossen sei.
»Das war prima, dieses typisch irische Weihnachten«, sagte Ben. »Nun würde ich gern noch länger bleiben und auch ein typisch irisches Silvester erleben ... deshalb wollte ich wegen des Tickets fragen ...«
»Ben, Sie haben ein offenes Ticket, Sie können zurückfliegen, wann Sie wollen ... warum rufen Sie *wirklich* an?«
»Wir haben uns gedacht, es wäre schön, wenn Sie kurz rüberkommen und mit uns Silvester feiern könnten«, erklärte er.
»Wer hat das gedacht ...?«
»Nun, Sunset, Seaweed, Niall und ich, um nur mal vier zu nennen«, entgegnete er. »Ich würde sie Ihnen gern

an den Apparat holen, aber die Hunde schlafen gerade. Niall ist allerdings da.«
Er reichte Fionnulas Vater den Hörer. Und während sie miteinander sprachen, trat er vor die Tür und blickte auf den Atlantik hinaus, diesmal von der anderen Seite.
Der Nachthimmel war von Sternen übersät.
Irgendwo dort oben freuten sich bestimmt gerade zwei Helens. Und er atmete tief durch, so tief und unbeschwert wie seit dem Frühling nicht mehr.

WAS IST GLÜCK?

Sie hatten ihn Parnell getauft, um zu zeigen, wie irisch er war. In der Schule rief man ihn Parny, und das war's dann. Aber Kate und Shane Quinn konnten ja weiterhin jedem, auf den es ankam, erzählen, daß er eigentlich Parnell hieß, wie der große Führer. Nur gut, daß niemand genauer nachfragte. Weil ihnen nämlich nicht so ganz klar war, was er eigentlich angeführt hatte und wann und weshalb. Aber ihnen gefiel das Parnell-Denkmal, das sie in Dublin sahen. Weniger gefiel ihnen allerdings, daß der große Führer angeblich ein Protestant und ein Schürzenjäger war. Sie hofften, daß es sich dabei nur um Dorfklatsch handelte.

Parny mochte Dublin, es war klein und ein bißchen folkloristisch. Im Vergleich zu seiner Heimatstadt wirkten die Leute hier arm, und man konnte das Stadtzentrum nur schwer finden. Doch es war besser, Weihnachten hier anstatt zu Hause zu verbringen. Sehr viel besser.

Denn zu Hause wäre auch Daddys Sprechstundenhilfe Esther gewesen. Esther arbeitete schon seit neun Jahren für Dad, seit Parny auf der Welt war. Sie sei eine

fabelhafte Sprechstundenhilfe, meinte Dad, aber ein traurigen und einsamer Mensch. Moms Meinung nach war sie eine Verrückte, die sich in Parnys Vater verknallt hatte. Letztes Weihnachtsfest saß Esther so lange heulend auf der Treppe vor ihrem Haus, bis man sie aus Furcht vor Beschwerden der Nachbarn hereinließ. Davor war sie schon ums Haus gelaufen, hatte gegen sämtliche Fensterscheiben gehämmert, herumgeschrien und gebrüllt, sie würde sich nicht einfach abschieben lassen. Parny wurde ins Bett geschickt.
»Aber ich bin doch gerade erst aufgestanden. Es ist Weihnachten, um Himmels willen!« hatte er sich, nicht ganz zu Unrecht, beschwert. Sie flehten ihn an, trotzdem wieder zu Bett zu gehen, er könne ja sein Spielzeug mitnehmen. Widerwillig gehorchte er, denn Mom flüsterte ihm zu, daß die verrückte Esther dann eher wieder verschwinden würde. Natürlich hatte er auf der Treppe gelauscht, und was er da aufschnappte, war sehr verwirrend gewesen.
Anscheinend hatte Dad irgendwann einmal eine Romanze mit Esther gehabt. Das klang zwar weithergeholt, da Dad doch so alt war, entsetzlich alt inzwischen, und Esther so häßlich. Und er begriff auch nicht, warum Mom deshalb so niedergeschlagen war, denn Dads Affäre mußte längst vorbei sein. Aber darum ging es, ganz klar.
In der Schule gab es genug Kinder, deren Eltern geschieden waren, so daß er über solche Sachen Bescheid wußte. Und Esther schrie immer wieder, daß Dad ihr versprochen habe, Mom zu verlassen, sobald

der Balg erst alt genug sei. Parny schnaubte empört, als sie ihn »Balg« nannte, aber auch Mom und Dad schienen sich darüber zu ärgern und verteidigten ihn, so daß Esther in dieser Hinsicht den kürzeren zog. Zumindest schienen seine Eltern auf seiner Seite zu stehen. Nach einer Weile ging Parny in sein Zimmer zurück und spielte, wie man ihm aufgetragen hatte, mit seinen Geschenken.

»Ich will ein bißchen Glück. Ich will auch glücklich sein«, hörte er unten Esthers Stimme. »Was ist Glück, Esther?« fragte sein Vater darauf matt.

Sie hatten recht gehabt, es war das Beste für ihn gewesen raufzugehen. Nachdem Esther verschwunden war, kamen sie, um ihn zu holen, und entschuldigten sich. Parny aber war eher neugierig als erschrocken.

»Hast du wirklich vorgehabt, dich von Mom scheiden zu lassen und mit ihr fortzugehen, Dad?« Parny wollte eine Bestätigung für das Gehörte bekommen. Darauf folgten eine Menge Ausflüchte.

Bis Dad schließlich sagte: »Nein. Das habe ich zwar zu ihr gesagt, aber ich habe es nicht so gemeint. Ich habe sie angelogen, mein Sohn, und muß nun teuer dafür bezahlen.«

»Ja, so habe ich mir das gedacht«, nickte Parny altklug. Mom freute sich über Dads Erklärung und tätschelte Dad die Hand.

»Dein Vater ist ein sehr tapferer Mann, daß er das zugibt, Parny«, sagte sie. »Nicht alle Männer werden für ihre Fehltritte so schwer gestraft.«

Ja, eine kreischende Esther auf der Treppe sei wirklich

eine schwere Strafe, meinte Parny. Ob sie in der Praxis auch so herumschreie und tobe?
Nein, offenbar nicht. In ihrem weißen Kittel war sie nett und ruhig und sachlich. Nur in ihrer Freizeit und besonders an hohen Feiertagen drehte sie durch und machte Szenen. Schon am Labour Day und an Thanksgiving hatte sie angerufen, aber da war sie nicht so durcheinander gewesen. Im Lauf des Jahres kam Esther dann noch häufiger bei ihnen vorbei: am Silvesterabend und an Dads Geburtstag. Dann platzte sie mitten in die Party, die sie am St. Patrick's Day gaben. Und als sie am 4. Juli gerade den Holzkohlengrill für ihr Picknick auspacken wollten, entdeckten sie die herannahende Esther, so daß Dad und Mom zurück in den Wagen sprangen und meilenweit davonbrausten. Dabei vergewisserten sie sich immer wieder mit einem Blick über die Schulter, daß Esther ihnen nicht folgte. Und so waren sie, um ihr zu entfliehen, dieses Jahr über Weihnachten nach Irland geflogen. Schon immer hätten sie das Land ihrer Vorfahren besuchen wollen, hatten sie gesagt; warum also nicht jetzt, da Parny alt genug war, um etwas davon zu haben, und der Wechselkurs zwischen dem Dollar und dem irischen Pfund so günstig war? Außerdem hatte sich die Lage inzwischen zugespitzt. Denn am diesjährigen Thanksgiving war Esther in einem Astronautenanzug aufgekreuzt, und weil sie glaubten, sie sei ein singendes Telegramm, hatten sie ihr die Tür geöffnet. Wie der Blitz war Esther ins Haus geflitzt.
Letztlich waren sie deshalb ins Land der Vorfahren

gereist. Und Parny war froh darüber. Zwar vermißte er seine Freunde, aber allmählich wurde er vor einem Fest genauso unruhig wie Mom und Dad, weil er sich vor dem geröteten Gesicht der verrückten Esther fürchtete.

Halb hatte er gehofft, daß sie auch an seinem Geburtstag auftauchen würde. Darüber hätten sie in der Schule noch monatelang geredet. Doch sie kam nicht. Nur an offiziellen Feiertagen und an Dads Geburtstag. Inzwischen mußte sie doch verrückt genug sein, daß man sie in eine Anstalt einweisen konnte, überlegte Parny. Und er fragte, warum das noch niemand getan hatte.

»Sie hat niemanden, der sie einweist«, hatte Mom erklärt.

Das war wohl Esthers Glück im Unglück, dachte Parny. Wenn man soviel Pech hatte wie sie, war es wohl nur ausgleichende Gerechtigkeit, daß dann auch niemand da war, der einen in die Anstalt steckte. Also würde sie noch ein Weilchen frei herumlaufen können.

Parny wollte wissen, warum Dad ihr nicht kündigte. Da gebe es Gesetze, sagte Dad. Wenn Esther gute Arbeit mache, was sie tat, und sich in der Praxis normal benehme, würde ihre Kündigung einen Proteststurm entfachen, ja, er würde vielleicht sogar verklagt werden.

Nun, da Esther weit weg war, benahmen sich Dad und Mom lieb und ungezwungen. Manchmal hielten sie sogar Händchen, bemerkte Parny, was ihm ziemlich peinlich war; aber zum Glück war ja niemand hier, der sie kannte, also war es schon okay.

Der Hausdiener wurde ein dicker Freund von Parny. Er erzählte dem Jungen eine Menge Geschichten aus der Zeit, als noch Dutzende und Aberdutzende amerikanischer Touristen in dem Hotel wohnten und seinen Bruder als Chauffeur anheuerten, um sie quer durch ganz Irland und wieder zurück zum Hotel zu fahren. Der Hoteldiener hieß Mick Quinn und behauptete, Parny und er müßten zweifellos verwandt miteinander sein, sonst hätten sie doch nicht den gleichen Nachnamen. Weil das Hotel inzwischen fast leer stand, hatte Mick Quinn alle Zeit der Welt für Parny, während seine Eltern damit beschäftigt waren, sich tief in die Augen zu blicken und lange, ernste Gespräche zu führen.
So war alles bestens geregelt. Parny ging morgens mit Mick die Zeitungen holen und half ihm mit dem Gepäck. Einmal bekam er sogar ein Trinkgeld.
Für Mick war es sehr nützlich, wenn Parny ihm die Zigarette hielt, da Mick während des Dienstes nicht rauchen durfte; es sah dann so aus, als sei Parny ein frühreifer amerikanischer Bengel, der sich alle Freiheiten herausnehmen durfte – sogar mit zehn Jahren schon rauchen.
Parny zeigte viel Geschick darin, genau dann an Micks Seite aufzutauchen und ihn an der Zigarette ziehen zu lassen, wenn die Luft rein war. Mick war mit einer Frau namens Rose verheiratet, und Parny fragte ihn nach ihr aus. »Sie ist nicht die Schlechteste«, sagte Mick dann. »Wer ist denn die Schlechteste?« wollte Parny wissen. Wenn es nicht Rose war, mußte es doch eine

andere sein, aber Mick behauptete, das sei nur so eine Redensart. Er und Rose hatten inzwischen erwachsene Kinder, sie waren alle weggezogen. Drei lebten in England, eins in Australien und eins am anderen Ende von Dublin – was praktisch genauso weit weg war wie Australien.

Was machte Rose denn den ganzen Tag, während Mick im Hotel war, fragte Parny. Seine Mom arbeitete in einem Blumengeschäft, einem sehr eleganten Laden und von daher ein durchaus angemessener Arbeitsplatz für eine Zahnarztgattin. Doch Rose arbeitete nirgendwo.

Sie verbringe den ganzen Tag mit Jammern, vertraute Mick eines Tages seinem kleinen Freund an. Sie wisse nicht, was Glück sei. Aber dann schien er sich zu schämen, daß er das ausgeplaudert hatte, und wollte nie wieder über dieses Thema sprechen.

»Was ist denn Glück genau, Mick?« fragte Parny. »Ja, wenn du das nicht weißt, ein prächtiger junger Bursche wie du, der alles hat, was er will, wie soll es dann irgendein anderer wissen?«

»Ich glaube, ich habe schon viele Sachen«, überlegte Parny. »Aber Esther auch, und sie ist trotzdem nicht glücklich, sondern verrückter als ein ganzer Hühnerstall.«

»Hühner sind doch nicht verrückt«, war Micks überraschende Antwort. »Nein, das finde ich auch«, nickte Parny. »Es ist nur eine Redensart – so wie du gesagt hast, daß Rose nicht die Schlechteste ist.«

»Vögel mag ich nämlich«, gestand Mick Quinn nach

einem schnellen Zug von Parny Quinns Zigarette. »Ich würde gern Tauben halten, aber Rose sagt, die seien schmutzig.« Dabei schüttelte er traurig den Kopf, und Parny hatte das Gefühl, daß Rose sich von der Schlechtesten nicht allzusehr unterschied.

»Wer ist denn diese Esther?« Mick wollte auf andere Gedanken kommen und das Gespräch von der unbefriedigenden Rose weglenken.

»Das ist eine lange, komplizierte Geschichte. Dazu brauchen wir Zeit«, erwiderte Parny. In der leicht unbehaglichen Atmosphäre einer Hotelhalle, wo man damit rechnen mußte, daß plötzlich der Direktor auftauchte oder ein Gast Hilfe oder Rat suchte, konnte man Esthers Verrücktheit nicht gerecht werden.

Und irgendwie hegte Parny auch Zweifel, ob sein neuer Freund Mick die Sache mit Esther überhaupt verstehen würde. »Hast du vielleicht Lust, heute nachmittag mit mir einen Ausflug zu machen? Dann könntest du es mir erzählen«, bot Mick an.

»Ja, und du kannst mir von den Vögeln erzählen, die du gerne hättest«, stimmte Parny zu.

»Ich zeig' dir welche, das ist noch besser.«

Parnys Mom meinte, sie hätten ihn vernachlässigt. Und nun hätten sie und Dad ein schlechtes Gewissen. Aber sie müßten eben über so viele wichtige Dinge reden. Doch heute nachmittag wollten sie mit ihm ins Kino gehen. Er dürfe sich einen Film aussuchen, und wenn sie mit seiner Wahl einverstanden wären, würden sie ihn sich zusammen ansehen. Wenn sie sich aber gar nicht damit anfreunden könnten, würden sie ihn bitten, einen anderen Film vorzuschlagen. Parny jedoch meinte, er wolle lieber mit Mick zu ein paar Vögel fahren.

»In diesem Teil der Welt heißt das: zu Mädchen«, brummte Parnys Dad. »Kommt nicht in Frage.« Parny jedoch war sich in dem Punkt ganz sicher. Nein, bei Mick hieß es das nicht. Mick hatte die Nase voll von Frauen, er hatte Rose, die immerzu jammerte, da wollte er nicht noch mehr mit Weibern zu tun haben. Das hatte er Parny klipp und klar erklärt.

Eine kluge Entscheidung, fand Parnys Mom und warf Parnys Dad einen bedeutungsvollen Blick zu. Früher oder später kämen die meisten Männer darauf.

In seiner Alltagskleidung sah Mick ganz anders aus, nicht so imposant wie in der Hoteldieneruniform. Aber er sagte, wenn er seine alte Jacke und seine ausgebeulten Hosen anziehe, fühle er sich frei wie eine Möwe, die sich in die Lüfte erhebt. Zusammen mit Parny ging er zum Bus. »Ist es ein Vogelhaus?« fragte Parny neugierig.

»Nein. Eher das Haus eines Kumpels. Wir haben ein paar Täubchen zusammen. Kaum jemand weiß davon, außer dir und mir«, erklärte Mick und sah sich dabei um, ob jemand im Bus mitgehört hatte und ihn womöglich deshalb belangen könnte.

»Im Hotel wissen sie nichts davon«, flüsterte er.

»Würde das denn was ausmachen?« flüsterte Parny zurück. Er konnte nichts Böses darin sehen, zusammen ein paar Täubchen zu haben. Aber offensichtlich war es eine gefährliche Sache. »Nein, ich will nur einfach nicht, daß jemand davon erfährt. Sie würden sich sonst laufend danach erkundigen. So etwas kann ich nicht ausstehen.«

Das leuchtete Parny ein. Wenn Leute, die keine Ahnung davon hatten, sich nach den Tauben erkundigten, minderte das irgendwie ihren Wert. »Allerdings fürchte ich, daß ich auch nicht gerade ein Experte bin«, sagte er, um keine Mißverständnisse aufkommen zu lassen.

»Das weiß ich, mein Sohn. Aber du hast einen wachen Verstand. Einen jungen, wachen Verstand.«

»Das hat Esther auch einmal gesagt. Ich hätte einen jungen Verstand, noch nicht so verknöchert wie bei älteren Leuten.« Erstaunlich, daß hier auf der anderen Seite der Welt jemand genau das gleiche zu ihm sagte. Hoffentlich bedeutete das nicht, daß Mick genauso verrückt wie Esther war. »Hast du jemanden, der dich in eine Anstalt bringt, falls du verrückt wirst?« fragte er besorgt.

Das gefiel Mick. »Du bist mir ja vielleicht ein Scherzkeks, Parny Quinn! Also, wer ist Esther? Deine Schwester?« Parny fiel auf, daß sie einander zwar Fragen stellten, aber scheinbar nie beantworteten. Doch irgendwie machte das nichts, so wichtig waren die Fragen nicht. Sie stiegen aus dem Bus und gingen in ein Haus, das Parny recht armselig vorkam. Hoffentlich wohnte Mick nicht hier, er wünschte sich für Mick mehr Komfort. »Ist das dein Zuhause?«

»Aber nein, wo denkst du hin?« Mick klang wehmütig, während sein Blick über die schäbigen Schränke, die

Zeitungsstapel auf dem Fußboden, das Geschirr auf dem Abtropfbrett und die leere Milchflasche auf dem Tisch schweifte. »Nein, bei mir zu Hause muß man mehr oder weniger die Schuhe ausziehen. Und außerdem würde ein Gezeter losbrechen, das man noch am anderen Ende des Landes hören könnte, wenn ich dich mitbringen würde, ohne vorher die höchstrichterliche Erlaubnis dazu eingeholt zu haben. Nein, das ist das Haus von Ger.« In Micks Stimme schwang der pure Neid mit.
Ger war hinten im Hof. Er schien sich zu freuen, Parny kennenzulernen. Ob er denn wette, fragte er, und Parny antwortete, das würde er bestimmt einmal, wenn er älter sei und wisse, worauf er setzen müsse, und das nötige Geld dafür habe. Eine vernünftige Antwort, fand Ger. Und er entschuldigte sich auch nicht für die Vermutung, daß Parny sich ständig beim Buchmacher rumtrieb. Ger war in Ordnung, entschied Parny.
Sie zeigten ihm den Dachboden und erklärten ihm die Regeln. Unter Männern diskutierten die drei das einzigartig schlechte Ergebnis von Gers und Micks Tauben, verglichen mit anderen ihnen bekannten und von ihnen glühend beneideten Tieren. Natürlich waren es Brieftauben, sie flatterten massenhaft im Hinterhof herum, aber gingen sie zurück in ihren Schlag? Verdammt, taten sie das? Rennen um Rennen hätten sie gewinnen können, wenn diese Biester sich nur an die Regeln halten würden. Aber nein. Statt dessen kehrten sie zurück, setzten sich in den Hof und gurrten, froh, wieder bei Ger und Mick zu sein. Manche

von ihnen waren wirklich keinen müden Penny wert, erzählten sie Parny, obwohl sie das außerhalb dieser vier Wände natürlich niemals zugeben würden. Parny räumte ein, daß er keine Ahnung hatte, ob es in den Staaten Brieftaubenzüchter gab. Aber er würde sich erkundigen, sobald er zurück sei, und Ger und Mick ausführlich darüber berichten.

»Ein junger Bursche wie du vergißt zu schreiben«, meinte Ger abgeklärt, während sich die Tauben auf Parny stürzten und sich auf seinen Schultern niederließen, froh, an diesem freundlichen Ort einen neuen Spielkameraden gefunden zu haben. Einen Spielkameraden, der nicht von Wettkämpfen und Flugzeiten besessen war.

»Ich bin ein sehr guter Briefeschreiber«, widersprach Parny. »Ich habe noch jedem geschrieben, dem ich es versprochen habe ...« Er hielt inne. »Außer Esther.«

»Vielleicht erzählst du uns jetzt lieber mal von Esther«, schlug Mick Quinn vor.

In dem kleinen Hinterhof mit den großen sanftmütigen Tauben, die immer wieder hochflatterten und landeten, mit ihrem melodischen Gurren als beruhigender Hintergrundmusik, erzählte Parny Quinn den beiden von Esther. Er hätte sich keine besseren Zuhörer wünschen können. Sie würden alles wie im Film vor sich sehen, bestätigten sie einander, während sie nach näheren Einzelheiten von Esthers Auftritten an den Feiertagen fragten. War das denn zu fassen? Die Familie hatte den Atlantik überqueren müssen, um ihr zu entkommen.

»Und warum wollte sie, daß du ihr schreibst?« fragte Mick schließlich.
»Am Tag, bevor wir losgefahren sind, hat sie gesagt, sie wüßte, daß wir irgendwohin verreisten. Ob ich ihr einen Brief schreiben würde, damit sie erfahre, ob wir – wo auch immer – das Glück gefunden hätten? Aber ich habe es nicht über mich gebracht. Ich konnte Esther nicht schreiben, daß Mom und Dad irgendwie glücklich aussehen, wenn sie so blöde Händchen halten. Sie würde komplett durchdrehen, wenn sie das wüßte.«
Nachdenklich stand er da, während die Tauben kamen und wieder wegflogen; er streichelte ihr Gefieder, und sie schienen keine Angst vor ihm zu haben. Als er eine in die Hand nahm, fühlte er unter dem weich gepolsterten Brustkorb ihr Herz klopfen. Die Tauben schwirrten um ihn herum, und er schloß die Augen. Was gab es Schöneres als diese befriedigende und genügsame Gemeinschaft von Männern und Tieren? Wahrscheinlich würde er nie wieder so glücklich sein.
»Du könntest der armen Frau eine Karte schicken«, überlegte Mick. »Das verpflichtet zu nichts«, meinte Ger, der sich sein Lebtag nicht festgelegt hatte und das auch für das Beste hielt.
»Zu spät. Wir fahren am Freitag, die Post käme erst nach uns an.«
»Wir könnten sie vom Hotel aus anrufen«, schlug Mick vor.
»Esther anrufen? Mom würde blau anlaufen und tot umfallen«, meinte Parny.

»Ohne es deiner Ma zu sagen.«
»Das kann ich mir nicht leisten. Ein Anruf in die Staaten ist ziemlich teuer.« Ger und Mick nickten einander zu. Das ließe sich schon regeln, meinten sie. Wenn er dieser armen, geplagten Frau etwas zu sagen hätte, dann solle er das an Weihnachten tun, dem Fest der Liebe.
Hatte er wirklich deutlich genug gemacht, wie verrückt Esther war, überlegte Parny, und daß sie mit seinem Vater durchbrennen wollte? Doch Mick und Ger waren so nett, und deshalb wäre es sehr unhöflich gewesen, ihren Vorschlag abzulehnen.
Der Nachmittag verstrich in einem Wirrwarr aus Federn, Flugzeiten und sanften Geräuschen. Dann ging es mit dem Bus zurück zum Hotel. Es war sechs Uhr, also aß Esther wohl gerade zu Mittag. Von der Telefonzelle in der Hotelhalle aus rief Parny die internationale Vermittlung an, sie suchten einen Eintrag im Telefonbuch, und sie fanden Esther. Parny erkundigte sich auch, wieviel es kosten würde, und mußte sich nach dieser Auskunft an der Zellentür festhalten, weil ihn die Summe schwindlig machte. Unbezahlbar, sagte er zu Mick, der wieder seine Uniform trug. An manchen Tagen arbeitete er vormittags und abends und hatte dafür den Nachmittag frei. Mick sah nach links und rechts.
»Geh wieder in die Zelle«, sagte er und wählte am Empfangstresen blitzschnell die Nummer, die Parny auf ein Stück Papier gekritzelt hatte. Parny hörte das Telefon klingeln, und er schluckte. Esthers Stim-

me war überraschend leise und ähnelte überhaupt nicht dem heiseren Brüllen, das er zu fürchten gelernt hatte.

»Hier ist Parny Quinn«, sagte er.

Esther begann zu weinen, ganz leise zwar, doch unverkennbar.

»Hat dein Vater dich gebeten, mich anzurufen?« schniefte sie.

»Er weiß nicht, daß ich Sie anrufe. Hören Sie, Esther, die Post hier funktioniert sehr schlecht, und Sie hatten mich gebeten, Ihnen zu schreiben, wegen dem Glück und so ...«

»Was ist Glück?« fragte Esther.

Parny wurde ärgerlich. Warum fragten die Leute das immerzu? Und schließlich rief er sie aus dem Ausland an, um ihr die blöde Frage zu beantworten, warum also stellte sie sie schon wieder?

»Ja, sicher, es ist schwer herauszukriegen. Aber Sie haben mich gebeten, Ihnen Bescheid zu sagen, wenn ich es weiß. Nun, und da habe ich gedacht, ich rufe Sie an und sage Ihnen, daß es eine Menge mit Vögeln zu tun hat.«

»Mit Vögeln?«

»Ja, mit Vögeln, Tauben. In der Bücherei können Sie bestimmt ein Buch darüber bekommen. Das würde Ihnen, glaube ich, wirklich gefallen, Esther.«

»Hat dein Vater auch angefangen, sich mit Vögeln zu beschäftigen?«

»Nein, Esther, nur ich. Sie wollten wissen, was ich für Glück halte und ob ich es gefunden habe, und das habe ich. Also dachte ich mir, ich rufe Sie am besten gleich an.«

Ihre Undankbarkeit kränkte ihn. »Wen kümmert es schon, was du denkst, Kind?« meinte Esther. »Gib mir deinen Vater.«

»Er ist nicht da«, erwiderte Parny. In seinen Augen brannten Tränen des Zorns. Das, nachdem er so freundlich gewesen war und Mick riskierte, seinen Job zu verlieren, weil er ihn über den Hotelapparat verbunden hatte! »Dad und Mom sind in der Stadt, im Dublin Casino. Sie sind noch nicht zurück.«

»Du bist in Dublin!« schrie Esther triumphierend. »In welchem Hotel, sag schon, Parnell, du blödes Kind. Also, in welchem Hotel?«

Parny legte auf. Draußen wartete Mick. »Du hast dein Bestes getan, Junge, du hast Wort gehalten. Und dir bleiben immer noch die Tauben als Trost, vergiß das nicht.«

Esther besorgte sich eine Liste der Dubliner Hotels. Um sieben Uhr abends hatte sie Kate und Shane Quinn ausfindig gemacht.

»Sie muß uns über die Fluglinie oder das Reisebüro gefunden haben«, meinte Parnys Dad.

»Diesmal wird ihnen nichts anderes übrigbleiben, als sie in die Anstalt zu stecken.« Parnys Mom lächelte grimmig.

»Komisch, daß sie behauptet hat, Parny habe sie angerufen.«

»Sie schien sich da ganz sicher zu sein«, seufzte Parnys Dad. »Hat gesagt, er habe sie angerufen und erzählt,

daß er sich neuerdings mit Vogelkunde beschäftige. Traurige Sache, wirklich traurig.«
»Warum sie wohl diesmal Parny mit ins Spiel bringt? Bisher hat sie das immer vermieden. Sie weiß, wie wütend uns das macht.«
Parny saß da und überdachte die Ereignisse des Tages. Es hätte schlimmer kommen können. Esther konnte keinen Flug mehr buchen, weil Weihnachten war, also konnte sie ihnen nur per Telefon auf die Nerven gehen. Dad mußte lediglich die Telefonzentrale bitten zu behaupten, sie seien bereits abgereist. Welchen Anteil *er* daran gehabt hatte, darüber verlor Parny kein Wort. Er hatte das sehr gründlich durchdacht. Wenn alle glaubten, daß sie sich die Geschichte mit seinem Anruf aus den Fingern gesogen hatte, war dies lediglich ein weiterer Beweis für ihre Verrücktheit. Das konnte ihre Einweisung in eine Anstalt nur beschleunigen. Und außerdem durfte er doch nichts davon verraten, daß Ger und Mick sich Täubchen hielten. Denn Mick hatte in dem Hotel nie ein Wort darüber fallenlassen, erinnerte sich Parny; dazu waren sie viel zu kostbar. Das fand Parny auch.
Und schließlich hatte ihn Esther ein blödes Kind genannt und daß es keinen kümmere, was er denke. Warum sollte er ihr dann aus der Patsche helfen? Warum? Er würde sein Interesse an Tauben geheimhalten, genau wie Mick. Wenn Esther dann eines Tages hinter Schloß und Riegel saß, würde er so tun, als hätte er ein Buch darüber gelesen, und sich seinen eigenen Taubenschlag zulegen. Mit Weibern wollte er nichts zu

tun haben. Nie. Man sah doch, daß Ger in seinem Haus, wo ihm niemand dreinredete, wie ein König lebte – verglichen mit Männern wie seinem Vater oder Mick.

Glücklich seufzte Parny und studierte das Kinoprogramm. Ihm gefiel der Titel »Unter Wölfen«, aber der Film war erst ab achtzehn freigegeben. Ob er der Frau an der Kasse einfach erzählen sollte, daß er aus den Staaten kam und viel reifer war als andere Kinder seines Alters?

DAS BESTE GASTHAUS DER STADT

Eigentlich hätten sie einander mögen müssen, die beiden Mütter. Schließlich waren sie beide vom gleichen Schlag: voreingenommen und mit genauen Vorstellungen, was jede von ihnen als geschmackvoll erachtete. Doch sie haßten einander vom ersten Augenblick an, als sie sich vor achtzehn langen Jahren kennengelernt hatten – 1970, als ihre Kinder sich verlobten. Noels Mutter, die ein Jahr darauf Oma Dunne wurde, hatte eine merkwürdige Angewohnheit: Ihre Mundwinkel fielen anscheinend ganz von selbst nach unten. Und Avrils Mutter, die spätere Oma Byrne, pflegte mitunter in ein so schrilles Gelächter auszubrechen, daß einem das Blut in den Adern gerann. Bei der Hochzeit waren auch die Gatten der beiden zugegen – sanftmütige Männer, denen das Glück ihrer Kinder wichtiger war als ihre eigenen Revierkämpfe. Doch nicht einmal das gemeinsame Los der Witwenschaft hatte die beiden Frauen einander näher bringen können. Einmal im Jahr trafen sie sich, und zwar am Weihnachtstag. Dann kamen sie zusammen, um die Familie zu terrorisieren und ihr ein Weihnachtsfest zu ver-

gällen, das ansonsten vielleicht ganz nett geworden wäre.
Noel hieß so, weil er an Weihnachten zur Welt gekommen war. Oma Dunne wurde nicht müde, davon zu erzählen: wie am Weihnachtstag beim Mittagessen die Wehen eingesetzt hatten und daß die ganze Entbindungsstation voller Mistel- und Stechpalmenzweige und Papierschlangen war. Tja, damals habe man Weihnachten eben noch zu feiern gewußt, ließ sie Avril in vorwurfsvollem Ton wissen – als wäre eine Entbindungsstation in den fünfziger Jahren so etwas wie der Spiegelsaal von Versailles gewesen, verglichen mit der Unterhaltung, die man ihr heutzutage bot.
Oma Byrne versäumte nie anzumerken, Avrils Name rühre daher, daß sie im April zur Welt gekommen sei. Ein schöner Monat sei das gewesen, mit viel Sonne, sprießenden Blumen und kleinen Lämmchen, und alles so voller Hoffnung … damals. An dieser Stelle folgten ein trauriges, schrilles Lachen, das einen erschauern ließ, und ein finsterer Blick auf Noel. Die Anspielung war nicht zu überhören: Das Leben hatte seine frühlingshafte Frische verloren, seit ihre Tochter im Alter von neunzehn Jahren geheiratet und damit alle Hoffnungen zunichte gemacht hatte.
Noel und Avril hatten sich über die gegenseitige Antipathie ihrer Mütter erfolgreich hinweggesetzt. Ja, im Lauf der Jahre hatte sie deren Abneigung sogar noch fester zusammengeschweißt. Es sei ein Glück, meinten sie, daß die beiden sich ziemlich die Waage hielten. Denn wann immer Oma Dunne ins Fettnäpfchen trat,

tat es ihr Oma Byrne sofort nach. Und sie achteten sorgsam darauf, jede Mutter gleich zu behandeln, damit keine sich benachteiligt fühlen konnte. Am ersten Sonntag des Monats besuchten sie abwechselnd die eine oder die andere. Den drei Kindern gefiel es bei Oma Dunne, weil sie ein Aquarium hatte, aber auch bei Oma Byrne, weil diese nicht nur eine Manxkatze besaß, sondern auch ein Buch über Manxkatzen, das die Kinder sechsmal im Jahr mit größter Begeisterung lasen.

Nein, für die Kinder war es kein Problem, ihre Großmütter zu besuchen. Doch für Noel und Avril stellte es jedesmal eine schwere Prüfung dar. Oma Dunne hatte sich darauf versteift, daß Katzen Krankheiten übertrügen, und wenn man schon eine Katze haben müsse, dann sei es doch abartig, sich ausgerechnet so ein erbärmliches, dummes und überzüchtetes Vieh zuzulegen, das einem ständig sein Hinterteil entgegenstreckte. Oma Byrne wiederum tat bei jeder Gelegenheit ihre Meinung über Leute kund, die sich in Behältnissen mit warmem, abgestandenem Wasser armselige, verrückte Goldfische hielten – und das einzig und allein aus dem Grund, weil neurotische Zeitgenossen es beruhigend fänden, den verzweifelten Tierchen beim Herumschwimmen zuzuschauen.

Oma Byrne pflegte zu erwähnen, wie gut Avril doch ohne all diese neumodischen Haushaltsgeräte auskäme, die die meisten Männer ihren Frauen kauften. Dann biß Avril nur die Zähne zusammen und gab Noel mit einem Händedruck zu verstehen, daß sie keineswegs unzufrieden war, wie ihre Mutter anzudeuten versuchte. Darauf bemerkte Oma Dunne mit einer verächtlichen Miene, die beim geringsten Anlaß zur Dauergrimasse werden konnte, sie bewundere aus tiefstem Herzen junge Frauen wie ihre Schwiegertochter, die sich nichts aus Make-up und hübschen Kleidern machten, bloß um ihren Männern zu gefallen. Nun war ein Händedruck von Noel fällig. Die beiden waren sich einig, daß sie, schon um dem Einfluß ihrer Mütter entgegenzuwirken, einander immer wieder ausdrücklich ihrer Liebe versichern müßten. Und das sei ja nicht das Schlechteste.

Als Reaktion auf ihre eigenen ausgefallenen, ja wunderlichen Namen hatten sie ihre Kinder Ann, Mary und John getauft. Ausnahmsweise waren sich beide Mütter einmal einig: nämlich daß diese Namen von einer bedauerlichen Phantasielosigkeit zeugten. Und jede warf dem Kind der anderen vor, ihm mangele es an vornehmer Lebensart und geistigem Horizont.

Ann war siebzehn und dieses Jahr für die Gestaltung des Weihnachtsprogramms zuständig. Im Computerunterricht der Schule war sie recht gut, was sich als ausgesprochen hilfreich erwies, weil es zunehmend komplizierter wurde, die Unterhaltung für die Großmütter zu organisieren. Die Schwierigkeit lag darin, daß es immer mehr Fernsehkanäle gab und nun auch noch Videos zur Verfügung standen. So hatte man an Weihnachten die Qual der Wahl. Früher, beschwerte sich Ann allen Ernstes gegenüber ihren Eltern, sei alles viel einfacher gewesen: erst »The Sound of Music«, danach der übliche Streit um Papst und Königin. Avrils Mutter, Oma Byrne, meinte nämlich, jeder, der etwas auf sich halte, höre sich die Weihnachtsbotschaft der Queen an; das habe nichts mit einer englandfreundlichen oder unionistischen Haltung oder dergleichen zu tun, es gehöre sich einfach. Noels Mutter hielt dagegen, es sei bei ihnen nie üblich gewesen, die königliche Familie anzuschauen. Aber sie könne sich erinnern, daß früher, vor langer Zeit, die Dienstmädchen des Hauses mit Vorliebe Klatschgeschichten über das Königshaus gelesen hätten; anscheinend fänden das gewisse Leute tatsächlich interessant. Was sie, Oma Dunne, betreffe, so stimme sie mit Papst Johannes Paul zwar nicht in allem überein – aber von anständigen Katholiken sei es doch wirklich nicht zuviel verlangt, wenigstens einmal im Jahr für den päpstlichen Segen niederzuknien.

Noel und Avril hatten sich geschickt aus der Affäre gezogen, indem sie am Weihnachtstag beiden Würdenträgern ihren Fernsehtribut zollten. Als weiterer wichtiger Programmpunkt galt ein ausgedehnter Spaziergang, und zwar nach dem Papst und vor den gefüllten Pasteten und der Bescherung. Beide befürchteten nämlich, sie würden wie in Zwangsjacken bei Tisch sitzen, wenn sie den ganzen Tag drinnen eingesperrt wären. So scheuchten sie, selbst bei Regen oder Schnee, die ganze Horde ins Freie und zum Strand hinunter. Wenn sie dann unterwegs anderen Familien begegneten, fragten sich Noel und Avril oft, ob diese

wirklich glücklich waren oder ob jede Familie der ihren glich: ein Pulverfaß, ein brodelnder Vulkan, eine explosive Mischung, die sich am kleinsten Funken entzünden konnte.
Anschließend folgte auf die schweren Cocktails zur Queen das Mittagessen, darauf der eigentliche Fernsehfilm, begleitet von Schnarchgeräuschen, bis man plötzlich feststellte: Meine Güte, ist es denn schon so spät? Wie wär's mit einem Täßchen Tee und Kuchen, bevor wir euch heimfahren?
Seit sie den Videorecorder besaßen, war das Leben einfacher geworden. Nun mußten sie nicht mehr ständig zwischen den Kanälen hin und her schalten und sich auch nicht augenblicklich entscheiden. In den letzten Jahren hatte die Familie das weihnachtliche Fernsehprogramm so gründlich studiert, als gälte es, die Landung in der Normandie vorzubereiten. Schlagersendungen kamen nicht in Frage, weil sie mit Schimpftiraden kommentiert werden würden. Komödien waren ein zweifelhaftes Vergnügen. Was hatte man schon davon, wenn man sich dauernd mit Seitenblicken vergewissern mußte, ob Oma Byrne die Pointe verstanden hatte oder Oma Dunne laut darüber nachdachte, was das nur für Leute seien, die sich über jede Kleinigkeit aufregten? Leider war es schlechterdings unmöglich, auch die Großmütter zu programmieren. Wenn die eine den Moralapostel spielte, riß die andere Zoten. Aber man wußte nie, welche Oma sich wie verhalten würde. Genauso war es mit den Weihnachtsgeschenken, sie konnten großzügig oder ärmlich aus-

fallen. Die Kinder sollen was vom Leben haben, solange sie jung sind, hieß es – oder aber: Sie müssen lernen, daß das Geld nicht auf der Straße liegt.

Ann war sich der Wichtigkeit ihrer Aufgabe bewußt, doch sie räumte ein, daß sie eine Menge Probleme zu bewältigen hatte. Wenn sie während des Mittagessens »Zurück in die Zukunft« aufzeichneten, konnte man die fertige Aufnahme um fünf Uhr ansehen. Aber würden sich die Omas auf eine Zeitmaschine einlassen wollen?

Ihre Geschwister würden gern »Das Imperium schlägt zurück« sehen, berichtete Ann, sie hofften, sie könne das bei ihrer Aufnahmeplanung berücksichtigen. Aber der Film lief von vier bis sechs, und um diese Zeit würden sie wahrscheinlich etwas anderes ansehen, und zwar vermutlich ein Video – was bedeutete, daß der Recorder währenddessen nichts aufzeichnen konnte.

Ann überlegte, ob sie vorher vielleicht »Storm Boy« aufnehmen sollten; als Film für die ganze Familie klang das geeigneter als »Der Liebe verfallen«. Zwar wußten sie nichts über die Handlung von »Der Liebe verfallen«, aber mit Meryl Streep und Robert de Niro in den Hauptrollen wurde womöglich viel herumgeknutscht. Und man wußte nie, wie die Omas auf Schmuddelkram im Fernsehen reagierten.

Noel und Avril beobachteten, wie ihre Tochter angestrengt mit den Programmen jonglierte. Die »Jo Maxi Show«, die Mary und John so gut gefiel, war völlig indiskutabel; den Großmüttern konnte man so etwas nicht zumuten. Eine Sendung namens »Play the Game« wurde als »übermütiger Weihnachtsschwank« beschrieben, und es war ziemlich töricht anzunehmen, daß auch nur eine der beiden alten Damen einem übermütigen Schwank etwas abgewinnen könne. Um acht natürlich »Glenroe«. Aber nicht unbedingt die »Non-Stop Christmas Show« – das war ein zu gemischtes Programm für die Omas. Die Dublin Boy Singers würden ihnen vielleicht gefallen, aber lohnte es sich, dafür das Gezeter bei Johnny Logan oder den Dingbats in Kauf zu nehmen?

Ann meinte, sie würde sich noch einmal mit den Kleineren absprechen: irgendein Weg müsse sich doch finden. Zur Weihnachtszeit stünden bestimmt alle Familien vor demselben Problem, erklärte sie philosophisch, die Jugendlichen plärrten ständig, sie wollten die Hitparade und andere Sendungen angucken, die definitiv nicht in Frage kamen. Weihnachten sei nun mal nicht für Kinder da.

Bei diesen Worten wurde Avril und Noel schwer ums Herz. Ihre Tochter meinte das nicht im mindesten ironisch. Seit frühester Kindheit war sie überzeugt, am Weihnachtstag müsse sich alles um die Großmütter drehen und um die Frage, wie man sie weitestgehend zufriedenstellen konnte.

Avril biß sich auf die Unterlippe, als sie an die scheinbar unzähligen Weihnachtstage zurückdachte, an denen Oma Dunne sie vom Scheitel bis zur Sohle musterte und fragte, wann sie sich den umziehen wolle – ehe sie sich mit säuerlicher Miene entschuldigte und meinte, ach so, Avril habe sich ja schon umgezogen; es sei ja so vernünftig von ihr, nichts Elegantes zu tragen.

An tausend weiteren Festtagen, erinnerte sich Avril, hatte Oma Byrne die Etiketten auf den Weinflaschen vom Supermarkt studiert und Noel gefragt, wer denn sein Weinhändler sei und ob sie dieses Jahr eine besondere Lage ausgewählt hätten. Und tausendmal hatte Noel seiner Frau die Hand unter dem Tisch getätschelt. Das sei doch ganz egal, beschwichtigte er sie, schließlich lebten sie ihr eigenes Leben.

Das stimmte. Aber die Kinder kannten Weihnachten nicht als das Fest, das es für sie sein sollte.

Wenn die Großmütter nicht wären, was wäre dann? Ja, was wäre dann?

Avril ließ ihrer Phantasie freien Lauf. Sie könnten ausschlafen und im Morgenmantel zusammen frühstücken; gemütlich Tee trinken, während sie sich das Video von »Fawlty Towers« ansahen. Die Episode mit Manuels Ratte, die gefiel ihnen allen. Und man müßte nicht dauernd verstohlene Blicke auf die Gäste in den beiden bequemen Sesseln werfen, um festzustellen, ob das Programm Anklang fand.

Danach könnten sie ein bißchen spazierengehen, in ihren alten Klamotten, vielleicht auch ein Stück querfeldein wandern, einander auf sehenswerte Dinge aufmerksam machen, fröhlich sein – wie an gewöhnlichen Tagen eben auch. Sie müßten nicht im Schneckentempo der Omas dahinschlurfen. Oder sich ins Kreuzverhör nehmen lassen, wenn die Großmütter

einander mit gehässigen Fragen zu übertrumpfen versuchten.
Sowohl Papst als auch Königin würden ihnen erspart bleiben, und sie würden die Weihnachtsgrüße nur innerhalb ihrer Familie austauschen.
Der Truthahn würde besser schmecken, wenn nicht pausenlos daran herumgemäkelt wurde und Avril sich lang und breit dafür entschuldigen mußte. Zum Plumpudding könnten sie griechischen Joghurt essen, der ihnen viel besser schmeckte als die Weinbrandsoße, die lediglich Eindruck schinden sollte. Die Kinder könnten lauthals über die Witze in den Knallbonbons lachen, anstatt weise zu nicken, wenn die Großmütter meinten, es sei eine himmelschreiende Sünde, so minderwertige Knallbonbons zu kaufen.
Auch Noel ärgerte sich, als er daran dachte, daß seine beiden Brüder und seine Schwester ihre Mutter noch nie an Weihnachten eingeladen hatten. Nicht ein einziges Mal. Es sei doch Tradition, daß Mutter zu Noel und Avril gehe, sagten sie, gleichermaßen schuldbewußt wie erleichtert, und schenkten ihrer Schwägerin Sherry, Wärmflaschen mit Stoffhüllen und kleine Schächtelchen mit Schnapspralinen, die aber nur für sie allein gedacht seien, wie sie betonten. Avril nahm sie beim Wort.
Und könnte Avrils Schwester in Limerick Mrs. Byrne nicht zu sich nehmen? Nur einmal, ein einziges Mal? Warum sollte man nicht mit der Tradition brechen? Die alten Schlampen würden sich sogar über ein bißchen Abwechslung freuen, dachte Noel verzweifelt.

Aber es war zu spät, um für dieses Jahr noch etwas zu arrangieren. Das mußte von langer Hand geplant werden, und niemals durfte der Eindruck entstehen, als … nun, als wäre es so, wie es wirklich war.
Als Avril und Noel einander ansahen, tauschten sie ausnahmsweise keine Zärtlichkeiten aus; und weder trösteten sie sich gegenseitig, noch sagten sie einander, daß sie schließlich ihr ganzes Leben zusammen verbrächten und diesen einen Tag doch opfern könnten. Zum erstenmal erschien ihnen das Opfer zu groß. Ausgerechnet der Tag, an dem sich alle freuen sollten! Und ihre Sprößlinge glaubten ernstlich, dieser Tag sei nicht für Kinder gedacht …
Das Gefühl hielt an, während Weihnachten immer näher rückte. Die Kinder merkten, daß irgend etwas nicht stimmte. Während ihre Eltern sie sonst immer baten und drängten, sie sollten dies oder jenes tun oder lassen, schien ihnen nun die Weihnachtsstimmung irgendwie abhanden gekommen zu sein.
Sogar mit diesen peinlichen Umarmungen und diesem seniorenhaften Getätschel hatten sie aufgehört. Und wenn Ann, Mary oder John sich nach irgendwelchen Vorbereitungen im Zusammenhang mit den Großmüttern erkundigten, wurden sie barsch abgefertigt.
»Sollen wir die spanische Wand runterbringen, damit Oma Byrne keinen Zug abbekommt?« fragte Ann.
»Soll sie doch in der Zugluft sitzen«, lautete die verblüffende Antwort ihrer Mutter.
»Wo ist denn die Lupe für die Fernsehzeitschrift?«

wollte John an Heiligabend wissen. »Oma Dunne hat sie gern griffbereit, damit sie das Kleingedruckte lesen kann.«
»Dann soll sie eben ihre Brille aufsetzen wie jeder andere Mensch auch«, entgegnete sein Vater.
All das bereitete ihnen großes Kopfzerbrechen.
Ann vermutete, ihr Vater sei in die Wechseljahre gekommen. Und Mary überlegte, ob Mutter die Midlifecrisis habe. Zwar wußte sie nicht, was das bedeutete, aber sie hatte neulich eine Fernsehsendung darüber gesehen: eine Menge blasser Frauen im Alter ihrer Mutter hatten gesagt, sie machten gerade eine schlimme Zeit durch. John wiederum meinte, sie seien vielleicht einfach schlecht gelaunt, so wie sich die Lehrer in der Schule über irgend etwas ärgerten, was sich manchmal erst nach einem halben Jahr wieder legte. Er hoffte, seine Eltern würden das bald hinter sich haben. Auf die Dauer sei es ziemlich bedrückend, daß sie ständig so gereizt reagierten.
Am Abend vor Weihnachten saß die Familie vor dem Kamin. Alle wollten denselben Film sehen, einen mit James Stewart, der in wenigen Minuten anfing. Es würde keine Unstimmigkeiten geben, wer wo sitzen durfte, wer den Ehrenplatz am Kamin oder den näher am Fernseher bekam. Und keiner mußte aufspringen, weil jemand eine Lupe brauchte oder sich über die Zugluft beschwerte.
Noel und Avril seufzten.
»Es tut mir leid wegen der Omas!« platzte Avril plötzlich heraus.

»Wie schön wäre es, wenn ihr ein ganz normales Weihnachten wie andere Kinder auch verbringen könntet!« fügte Noel hinzu.

Ihre drei Kinder starrten sie ungläubig an. Es war das erstemal, daß jemand sich dafür entschuldigte. Sonst hatte es immer geheißen, sie müßten sich glücklich schätzen, weil sie zwei Omas hätten; und noch glücklicher, weil diese beiden Omas an Weihnachten zu ihnen kämen.

Natürlich hatten sie das nie geglaubt, aber als etwas akzeptiert, was man eben so sagte – wie daß trockenes Brot die Wangen rot mache und Fast food schädlich sei. Das hatten die Kinder so oft gehört, daß es für sie etwas ganz Alltägliches geworden war, es ging beim einen Ohr hinein und beim anderen hinaus. Aber diese ungewohnte Spannung zwischen ihren Eltern und diese jähe Offenbarung, die am Bild von ihren Omas kratzte, waren etwas Neues, worüber man nicht so leicht hinweggehen konnte.

Und das paßte Ann, Mary und John nicht, denn es erschütterte die naturgegebene Ordnung der Dinge. Sie wollten nicht, daß sich etwas änderte. Schon gar nicht an Weihnachten.

»Wißt ihr, es ist auch euer Tag«, sagte Avril.

»Eigentlich sogar mehr euer Tag als der der Omas«, beeilte sich Noel zu erklären.

Im Schein des Kaminfeuers blickten seine drei Kinder zu ihm auf. Sie wollten keine Erklärungen hören. Keine Vorwürfe gegen Tanten und Onkel, die sich davor drückten, ihr Scherflein beizutragen. Keine

Worte wie »Last« und »Ärgernis«. Nicht an Weihnachten.

Rasch redeten sie darauf los, um zu verhindern, daß Dinge ausgesprochen wurden, die besser ungesagt blieben.

»Wir haben uns gedacht, wir könnten ›Star Trek III – Auf der Suche nach Mr. Spock‹ aufzeichnen und ihnen vorher eine Art Gedächtnisauffrischung geben, wer wer ist – Kirk, Spock, Scotty und so, ihr wißt schon«, meinte John.

»Und vielleicht schwelgt Oma Byrne wieder in ihren Erinnerungen an Dracula und Frankenstein«, hoffte Mary.

Ann, die an diesem Weihnachten erwachsen geworden war und beinahe alles verstand, bemerkte plötzlich mit sanfter Stimme: »Und in irgendeinem anderen Gasthof ist bestimmt nichts mehr frei für sie, sonst wären sie dorthin gegangen. Sie können von Glück sagen, daß dies das beste Gasthaus der Stadt ist.«

EIN ZIVILISIERTES WEIHNACHTSFEST

Es sei eine zivilisierte Scheidung gewesen, sagten die Leute. Was sollte das heißen? Es hieß, daß Jen nie über Tina herzog, Martins erste Frau, die wunderschöne Ehefrau, die ihm mehr als ein halbes dutzendmal weggelaufen und immer wieder zurückgekehrt war. Es war eine zivilisierte Angelegenheit, weil Jen jeden Samstag Stevie den Schal um den Hals wickelte und ihn, ohne zu klagen, per Bus zu Tina brachte, wobei sie zweimal umsteigen mußten. Unsicher lächelte sie Tina an, die immer hinreißend aussah, wenn sie, oft noch im Morgenrock, die Haustür öffnete. Anfangs pflegte Tina sie hereinzubitten, aber Jen lehnte immer ab. Nein, danke, sie habe noch Einkäufe zu erledigen. »Einkäufe«, wiederholte Tina dann ungläubig, als sei dies an einem Samstag eine höchst ungewöhnliche, ja abwegige Beschäftigung. Wenn Stevies Besuch beendet war, steckte ihn Tina in ein Taxi, und Jen holte ihn vom Wagen ab und bezahlte den Taxifahrer. Tina besaß ein Haus, ein Reihenhaus; sie hatte ein dreiteiliges Kostüm mit wunderschönem Blumendruck; in ihrer Diele hing ein großer vergoldeter Spiegel ... aber das Geld für das Taxi ihres Sohnes hatte sie nie.

Es war eine zivilisierte Angelegenheit, weil Tina auf das Sorgerecht verzichtet hatte. Ihr Job zwang sie zu häufiger Abwesenheit – sie arbeitete als Croupier und wurde oft bei großen Gesellschaften auf dem Land gebraucht. Mit ihrer unregelmäßigen Arbeitszeit wollte sie es lieber gar nicht erst versuchen, einen achtjährigen Jungen aufzuziehen. Das war doch das Beste für das Kind. Und außerdem wollte der Vater den Jungen unbedingt haben. Also laß uns die Sache zivilisiert regeln, hatte Tina vorgeschlagen. Martin war so erleichtert gewesen, nicht um den Jungen kämpfen zu müssen, daß er inzwischen ohne Groll an Tina denken konnte. Stevie war gern bei seiner wunderschönen Mutter und ihren vergnügten, leutseligen Freunden zu Besuch. Es war alles viel besser als früher, als Mum und Dad sich ständig gestritten und angeschrien hatten. Nun, sie hatten ihm versprochen, daß es so besser sein würde, und sie hatten recht gehabt. Mum hatte ihm einen Computer gekauft, vor dem er normalerweise den Tag verbrachte, wenn er sie besuchen ging. Alle Leute bei ihr tranken Wein und aßen Sandwiches; von Zeit zu Zeit kamen sie zu ihm herein, sahen ihm ein bißchen zu und sagten, was für ein fabelhafter Junge er doch sei! Für ihn hatte Mum immer eine große Flasche Apfelsaft da, und er bekam ebenfalls Sandwiches. Oft fuhr sie ihm durchs Haar und lobte ihn, weil er ebenso gescheit wie hübsch sei. Er werde sich im Alter um sie kümmern, meinte sie, wenn ihre Freunde und ihre Reize sich verflüchtigt hätten. Mums Freunde klopften ihm beifällig auf den Rücken, es ging dort sehr erwachsen zu, richtig aufregend. Mum wußte sogar, daß er alt genug war, allein ein Taxi zu nehmen. Wenn sie leichtfüßig die Treppe hinunterrannte und nach einem Wagen pfiff – mit einem wirklich durchdringenden Pfiff –, sahen sich die Passanten um und lächelten, wie Leute immer bei Mums Anblick lächelten.

In der Schule wurde Stevie gefragt, ob er es nicht schrecklich finde, daß seine Eltern geschieden sind. Nein, antwortete er ehrlich, es sei in Ordnung so. Schließlich sehe er sie ja beide noch, sie stritten sich nicht mehr, und er habe bei beiden ein Zuhause. Im Pub, wo Martin auf dem Heimweg von der Arbeit stets ein kleines Bier trank, fragte die freundliche mütterliche Frau, die dort Gläser spülte und sich Lebensgeschichten anhörte, ob denn alles nach Wunsch verlaufe und sich der Junge schon an seine neue Mutter gewöhnt habe. »Oh, Jen ist nicht seine Mutter«, antwortete Martin glücklich. »Niemand wird je den Platz seiner Mutter einnehmen, das weiß er, und das wissen wir.« Die Frau lächelte, während sie die Messingzapfhähne blitzblank polierte, und meinte, die Welt wäre ein glücklicherer Ort, wenn es bei allen so zivilisiert zugehen würde wie bei Martin und seiner Frau.

Es würde das erste Weihnachten sein, das Jen, Martin und Stevie miteinander verbrachten. Jen hatte alles bis in die kleinste Einzelheit geplant, damit nichts schiefging. Jeden Samstagvormittag arbeitete sie fünf Stunden in einem Supermarkt. Es war eine ermüdende

Tätigkeit, insbesondere um diese Jahreszeit. Denn sie saß an der Kasse, einem ungemütlichen Platz, wo es immer zog, weil fortwährend die Türen aufgingen und ihr der beißend kalte Dezemberwind den Rücken auskühlte. Da man nicht wollte, daß sie eine Jacke überzog, trug sie drei Unterhemden und einen engen Pullover unter ihrem Nylonkittel. Damit sah sie sehr viel unförmiger aus als in der Schule, wo sie in einem adretten, praktischen Wollkleid als Sekretärin arbeitete. Dort gab es eine Zentralheizung, und keiner ließ die Türen offenstehen. Jen sparte das Geld, das sie im Supermarkt verdiente, für ein prächtiges Weihnachtsfest. Sie kaufte Knallbonbons und Tischdekorationen, Pastetenfüllung und die Sorte Kekse, die sie sich normalerweise nie leisten würden. Auch Kastanienpüree und eine Schachtel kandierte Früchte hatte sie besorgt.

Zwar war Jen keine sehr gute Köchin, doch inzwischen war sie das Weihnachtsessen in Gedanken so oft durchgegangen, daß sie es selbst im Schlaf hätte zubereiten können. Sie wußte sogar, um welche Zeit sie mit der Brotsauce anfangen mußte. Es würde für Martin und Stevie das erste *richtige* Weihnachten sein, rief sie sich ins Gedächtnis. Die bezaubernde Tina hatte am heimischen Herd nur wenig zustande gebracht und an den Festtagen lieber in Weinstuben, Restaurants und Clubs anderen zugeprostet.

Wie meist, wenn sie an Tina dachte, hatte Jen ein ungutes Gefühl. Hoffentlich würde Tina ihnen nicht das Weihnachtsfest verderben, indem sie plötzlich auftauchte und zuckersüß tat. Eine zuckersüße Tina war unerträglich. Martin schien dann immer zu vergessen, wie oft sie ihn, sogar in aller Öffentlichkeit, gedemütigt hatte. Wie er müde von der Arbeit heimgekommen war und sich anderen Männern gegenüber gesehen hatte, die Wein schlürften und an köstlichen Sandwiches knabberten. Als Stevie noch ein Baby war und mit nasser Windel in seinen Laufstall eingesperrt saß, war Tina so oft verschwunden – ins Ausland, und manchmal für Wochen –, daß Martin kaum mehr sagen konnte, wie oft. Und ihre Schichten im Kasino zogen sich nicht selten bis in den späten Vormittag hin – Martin jedoch konnte erst zur Arbeit gehen, wenn sie wieder da war.

Denn auch wenn es Tina nichts ausmachte, Stevie allein zu Hause zu lassen, Martin brachte das nicht über sich.

Aber nun, da Tina ihren Charme spielen ließ und keine Ansprüche mehr stellte, schien Martin diese schlimmen Zeiten vergessen zu haben. Dabei sah Tina auch noch unverschämt gut aus: lange Beine, langes blondes Haar, und was immer sie anhatte, es stand ihr einfach großartig. Sie wirkte mädchenhaft und in mancherlei Hinsicht viel zu jung und unbekümmert, um Stevies Mutter zu sein. Ich wiederum sehe aus wie eine Matrone, sagte sich Jen traurig, und als ob ich schon mehrere ältere Kinder hätte. Ungerechte Welt. Denn Jen war genauso alt wie die langbeinige Tina, neunundzwanzig. Nächstes Jahr würden sie beide dreißig sein – nur daß eine von ihnen nie so aussehen

würde, nicht einmal, wenn sie in zehn Jahren vierzig wurde.
Jen band die Weihnachtskarten mit Schleifen aneinander und schmückte damit eine Wand.
»Das sieht hübsch aus«, meinte Stevie. »So etwas hatten wir noch nie.«
»Was habt ihr denn damit gemacht?«
»Ich glaube nicht, daß wir irgendwas damit gemacht haben. Na ja, letztes Jahr waren Dad und ich im Hotel, du weißt ja, kurz bevor du hierherkamst. Und Mum hatte eben nie die Zeit.«
Es klang weder wehmütig noch vorwurfsvoll. Er sah die Dinge einfach so, wie sie waren.
Jen kochte innerlich vor Wut. Mum hatte eben nie die Zeit, von wegen! Mum, die ohne feste Anstellung im Kasino herumhing, hatte nicht die Zeit, für ihren Mann und ihren kleinen Sohn das Heim weihnachtlich zu schmücken. Aber die blöde alte Jen hatte die Zeit dafür. Die langweilige Jen, die von neun bis vier in einer Schule arbeitete. Die fleißige Jen, die mit Tinas Sohn quer durch die halbe Stadt pilgerte, damit der Junge ohne größere Umstände seine Mutter besuchen konnte. Und die dazu noch, um des lieben Friedens willen, den Geldbeutel zückte und den Taxifahrer bezahlte. Noch nie war jemand auf den Gedanken gekommen, Jen könnte für irgend etwas keine Zeit haben. Da gab es kein Erbarmen, da kannte man kein Pardon.
Martin bewunderte das geschmückte Haus, er ging umher und strich über die Stechpalmenzweige und

den Efeu über den Bilderrahmen, sah die Kerze im Fenster und freute sich über den Baum, der noch geschmückt werden wollte.

»Das ist wunderschön«, sagte er. »Es sieht eher aus wie ein Haus im Fernsehen, gar nicht wie ein normales Zuhause.«

Das war als großes Lob gedacht. Doch Jen fühlte, wie ihr die Augen brannten. Es war wohl ein viel normaleres Zuhause, als diese verdammte Tina noch hier lebte, mit ihren blasierten Freunden, ihrem blödsinnigen Geschwätz und keiner Minute Zeit, für irgendwen ein richtiges Weihnachtsfest vorzubereiten, dachte sie. Nun, zumindest würde Tina dieses Jahr viele Meilen entfernt auf einem Kreuzfahrtschiff für die Passagiere Karten mischen, Zahlen ausrufen und hinreißend aussehen. Das hatte sie auch letztes Jahr getan, kurz bevor die Scheidung rechtskräftig geworden war. Jen hatte damals ihre Mutter besucht, die sie die ganzen fünf Weihnachtstage unentwegt gewarnt hatte, daß es nicht einfach sein würde, einen geschiedenen Mann zu heiraten und sein Kind großzuziehen. Es sei ein einsames Weihnachten gewesen in dem Hotel, hatte Martin erzählt, obwohl Stevie die organisierten Spiele Spaß gemacht hätten. Zuvor waren beide übereingekommen, daß es das Beste sei, dem Jungen nicht zuviel auf einmal zuzumuten. Er solle Weihnachten allein mit seinem Vater verbringen, damit er sah, daß es in einer sich verändernden Welt auch etwas Beständiges gab. Damals war er erst sieben gewesen, der arme Kleine. Doch alles in allem war er recht gut damit fertig geworden. Zweifellos betrachtete er Jen nicht als böse Stiefmutter und weinte auch nicht seiner goldhaarigen Mum nach. Wenn man sie doch nur nicht für derart durchschnittlich halten würde, seufzte Jen, und Tina für so außergewöhnlich und jenseits aller Maßstäbe.

Sie hatte ein Feuer im Kamin angezündet, und alle drei saßen davor und unterhielten sich. Ausnahmsweise fragte keiner, was im Fernsehen lief, Martin sagte nicht, er müsse im Schuppen noch etwas arbeiten, und Stevie wollte auch nicht auf sein Zimmer. Warum nur hatte sie sich wegen Tina und Weihnachten Sorgen gemacht, fragte sich Jen. Diese Vorahnungen waren doch kindisch. Über die andere Sekretärin in der Schule machte sie sich lustig, weil diese jeden Morgen zuerst gründlich ihr Horoskop las, bevor sie irgend etwas anpackte; genauso konnte man über Jen schmunzeln wegen ihrer dunklen Ahnungen und des komischen Gefühls, daß etwas passieren würde.

»Tina hat mich heute in der Arbeit angerufen«, sagte Martin in diesem Augenblick.

Martin haßte es, wenn er in der Arbeit angerufen wurde. Er arbeitete an einem Bankschalter, wo immer viel los war, und ließ sich nur ungern von seinem Platz wegrufen. Nur im äußersten Notfall würde Jen es wagen, ihn anzurufen. Bestimmt war das schon bei Tina so gewesen, also handelte es sich um einen Notfall.

»Die Kreuzfahrt findet anscheinend nicht statt, sie fährt also nicht weg. Man hat ihr erst in letzter Minute

Bescheid gegeben, und sie kriegt auch keine Entschädigung oder so. Sehr unfair von der Gesellschaft.« Martin schüttelte den Kopf angesichts dieser Gaunerei.

»Dann ist Mum an Weihnachten zu Hause?« Stevie freute sich. »Kann ich sie am Weihnachtsmorgen besuchen, was meint ihr?«

Zum zweitenmal an diesem Abend brannten Jen die Augen. Verdammt. Verdammte Tina. Warum konnte sie nicht ein normales Leben führen? Warum hatte sie sich nicht einen Mann geangelt und ihn geheiratet, wie andere Leute das taten? Warum mußte es dieses unstete Leben sein, mit Kreuzfahrten, Kasinos und Clubs? Und wenn das, Himmel noch mal, schon nicht zu ändern war, warum ging dann ausgerechnet diese Schiffahrtsgesellschaft pleite? Es mußte einen Grund dafür geben. Nun würden sie ihren netten Weihnachtstag unterbrechen müssen, nur damit Tina ein paar Stunden mit ihrem Sohn verbringen konnte. Einem Sohn, der ihr herzlich egal war, oder warum hätte sie sonst auf ihn verzichtet? Es war einfach ungerecht. Martin schüttelte unschlüssig den Kopf.

»Das ist genau das Problem«, sagte er und schaute zuerst Stevie an und dann sie.

»Sie hatte ja eigentlich vor, an Weihnachten fort zu sein, und nun hat sie niemanden, wirklich niemanden, mit dem sie hier Weihnachten feiern könnte. Sie fürchtet, daß sie es nicht allein aushält zu Hause. Nein, der Gedanke, an Weihnachten allein zu sein, behagt ihr ganz und gar nicht.«

»Viele Menschen sind Weihnachten allein«, entfuhr es Jen.
»Ja, sicher, aber hier handelt es sich um Stevies Mum. Du kennst doch Tina, sie hat gern Tausende von Menschen um sich. Aber jetzt denken alle, sie sei gar nicht da.«
Jen stand auf und tat, als würde sie die Vorhänge zurechtzupfen, was überhaupt nicht nötig war. Doch die beiden achteten nicht auf sie.
»Was macht Mum denn dann, wenn sie nicht allein sein will? Fährt sie woandershin?« fragte Stevie.
»Ich denke schon. Sie wollte ein bißchen herumtelefonieren«, antwortete Martin. Natürlich telefonierte sie ein bißchen herum. Aber wen rief sie als erstes an? Ihren netten Ex-Ehemann. Nur, um ihm ein schlechtes Gewissen zu machen, damit er ihr einen Weihnachtstag mit ihrem Sohn anbot, und ein wunderbares Weihnachtsessen dazu. Ja, Tina hatte ganz offensichtlich als erstes Martin angerufen, den guten, alten, verläßlichen Martin, der immer für sie da war. Es machte nichts, wenn sie ihrer Wege ging, sie wußte, er würde sie immer mit offenen Armen wieder aufnehmen. Bis er Jen kennenlernte und herausfand, daß man auch ein normales Leben führen konnte.
Erst Jen hatte ihm die Augen über Tina geöffnet. Aber, so überlegte sie grimmig, offenbar nicht weit genug. Unausgesprochen lag es in der Luft: *die Einladung*. Sie mußte von Jen kommen, aber Jen wollte sie nicht aussprechen. Nein. Sie würde es nicht tun. Sie würde das gespannte Schweigen einfach überhören.

»Dann kann ich sie Weihnachten also nicht besuchen?« fragte Stevie.
»Wenn sie die Kreuzfahrt gemacht hätte, hättest du sie doch auch nicht gesehen«, meinte Jen leichthin. »Und du hast ihr dein Weihnachtsgeschenk ja schon gegeben, und ihres liegt unter dem Baum.«
»Aber wenn sie doch nicht weiß, wo sie hin soll ...«, überlegte Stevie.
»Oh, Stevie, du hast doch gehört, wie dein Vater gerade gesagt hat, daß deine Mum Tausende von Freunden hat. Sie weiß ganz sicher, wohin.«
»Ich habe gesagt, daß sie gern Tausende von Freunden um sich *hätte* – das ist ein Unterschied.«
Jen wußte, was sie in diesem Moment gern getan hätte. Am liebsten hätte sie ihren Mantel angezogen und wäre damit hinausgegangen in Regen und Wind. Dann hätte sie das nächste Taxi angehalten, um zu Tina zu fahren, sie am Kragen zu packen und so lange durchzuschütteln, bis diese kaum mehr »Piep« sagen konnte. Anschließend wäre sie zum Taxi zurückmarschiert, nach Hause gefahren und hätte gefragt, ob sie nicht alle Lust auf eine heiße Schokolade hätten.
Aber Jen würde nichts dergleichen tun. Denn das wäre unzivilisiert gewesen, nur Verrückte führten sich so auf. Zumindest in England. In den heißen Mittelmeerländern mit ihren heißblütigeren Bewohnern hätte man Verständnis dafür aufgebracht. Aber in England gab es keine feurigen Liebhaber und keine verzehrende Eifersucht, hier ging es zivilisiert zu. Also zwang sich Jen zu einem etwas müden Lächeln, als hätte sie es mit

einem sehr senilen Mann und einem Baby zu tun und nicht mit ihrem Ehemann und ihrem Stiefsohn.

»Nun, es bringt jedenfalls nichts, wenn wir uns den Kopf darüber zerbrechen. Deine Mum ist sehr wohl in der Lage, selbst klarzukommen, Stevie. Möchte jemand eine heiße Schokolade?«

Niemand sagte ja, also stand Jen entschlossen auf und machte sich allein eine Tasse. Sie wußte, daß alle welche getrunken hätten, wenn sie drei Becher aufs Tablett gestellt hätte, aber warum sollte sie das tun? Warum sollte sie das Kindermädchen für die beiden spielen? Während diese ins Kaminfeuer starrten und sich wegen Tina und ihres mißglückten Weihnachten sorgten.

Nachdem Stevie zu Bett gegangen war, kam Jen auf den Supermarkt zu sprechen. Man hatte sie gebeten, am Samstag und am Sonntag zu arbeiten sowie an den beiden Tagen vor Weihnachten. Sollte sie es tun? Sie würde eine Menge Geld damit verdienen. Mitte Januar würden sie es bedauern, wenn sie jetzt ablehnte. Andererseits hieß es vielleicht, daß sie sich nur um der dicken Lohntüte willen völlig verausgabte. Wäre es vielleicht besser für alle, wenn sie zu Hause blieb und sich ein bißchen ausruhte? Was meinte Martin dazu?

»Wie es dir lieber ist«, antwortete er. Er schien mit seinen Gedanken noch immer woanders zu sein. Und plötzlich wurde es ihr zuviel. Plötzlich zerbröckelte die Maske des zivilisierten Benehmens.

»Wie es mir *lieber* ist?« sagte sie fassungslos. »Bist du nicht ganz bei Trost, Martin? Wie es mir *lieber* ist? Ja, glaubst du denn, daß irgendwer auf der Welt *gern* aus einem warmen Bett steigt, in dem ein wunderbarer Mann wie du liegt, sich anzieht, rüberhetzt und sich mit schlechtgelaunten Kunden herumschlägt, aufpaßt, daß keiner etwas klaut, und mit ansieht, wie Frauen mit protzigen Ringen vierzig, fünfzig und sechzig Pfund nur für Lebensmittel ausgeben? Wenn du glaubst, daß irgendwer das freiwillig tut, hast du den Verstand verloren.« Er starrte sie sprachlos an. So hatte Jen ihn noch nie angefahren, mit blitzenden Augen und wutverzerrtem Gesicht.

»Aber warum … ich meine, ich dachte, du wolltest etwas dazuverdienen … du hast nie gesagt …«, stammelte er, unfähig, der Frau in dem anderen Sessel, die sich in eine Fremde verwandelt hatte, etwas entgegenzusetzen.

»Ich wollte etwas dazuverdienen, um das Haus hier zu einem gemütlichen Heim für dich und Stevie und mich zu machen – deshalb. Und nie habe ich mir erlaubt, auch nur einen Gedanken daran zu verschwenden, wieviel von deinem Gehalt jeden Monat an Tina geht, damit sie die Hypothek von ihrem Haus tilgen kann. Nicht einmal Samstag nachmittags, wenn ich ihr Haus sehe, das größer und schöner ist als unseres, frage ich mich, warum du eigentlich Unterhalt für sie zahlst, wo sie doch bekanntermaßen oft das Doppelte und Dreifache von dem verdient, was wir beide zusammen nach Hause bringen. Ich weiß, ich weiß, sie hat kein festes Einkommen. Manchmal verdient sie wochenlang nichts. Das weiß ich sehr wohl, aber ist sie nicht gut dran, hat sie nicht ein Riesenglück, daß wir nicht von ihr verlangen, sich eine feste Stellung zu suchen wie jeder andere auch?« Jen hielt inne, um Luft zu holen; doch als Martin nach ihrer Hand fassen wollte, entzog sie sie ihm. »Nein, laß mich ausreden. Vielleicht hätte ich schon früher etwas sagen sollen. Vielleicht bin ich selbst schuld, weil ich immer so getan habe, als würde es mich nicht stören, weil ich immer gute Miene zu allem gemacht habe. Aber ich habe gedacht, daß du das brauchst, daß du schon genug Ärger gehabt hast und Szenen mit deiner letzten Frau. Ich dachte, du bräuchtest ein bißchen Ruhe und Frieden.«

»Ich brauche *dich, du* bist mir das Wichtigste«, sagte er schlicht.

Sie nickte vor sich hin. »Ja, das war es, was ich immer versucht habe zu sein: die Gelassene, die nie die Fassung verliert. Und wahrscheinlich werde ich diese Rolle auch in Zukunft spielen. Nur, als du vorhin gesagt hast, ich solle tun, wozu ich Lust habe – ›wie es dir lieber ist‹, hast du, glaube ich, gesagt –, das war zuviel für mich. Natürlich würde ich lieber zu Hause bleiben, spät aufstehen, ein bißchen herumtrödeln, im Garten werkeln oder es mir einfach gemütlich machen wie andere Leute. Wie manche anderen Leute.«

»Aber ich habe gedacht, es wäre dir ein bißchen langweilig hier, und deshalb würdest du losziehen … um unter Leute zu kommen und dir ein bißchen Taschengeld dazuzuverdienen.« Auf seinem großen ehrlichen Gesicht spiegelte sich Verwirrung. Kein Wunder, daß

Tina diesen gutmütigen und geradlinigen Mann immer wieder übertölpelt hatte.
Jen öffnete den Küchenschrank und zeigte ihm die Delikatessen, die Knallbonbons, die Tischdekorationen. Sie wies auf den Weihnachtsflitter und die elektrische Christbaumbeleuchtung. Wortlos deutete sie auf die neue Stehlampe neben seinem Sessel, die Vorhänge an der eleganten neuen Vorhangstange, die Messingkiste für die Holzscheite vor dem Kamin. »Man kann wohl kaum behaupten, daß ich dieses Taschengeld verprasse und es mir damit gutgehen lasse. Ich habe das alles für unser Heim gekauft. Mein Geld geht genauso in unseren Haushalt wie deins. Ich schaffe damit Dinge an, damit es hier gemütlich ist. Und es tut mir leid, Martin, aber ich habe *keine* Lust, Tina an unserem ersten gemeinsamen Weihnachten hierzuhaben, damit sie uns das Fest vermiest, nein, wirklich nicht. Und deshalb bin ich auch so sauer. Ich will einfach nur mit dir und Stevie zusammensein und ein bißchen Zeit für uns drei haben. Zeit zum Reden. Ist das so schlimm?«
»Tina? Hier, an Weihnachten? Davon war doch nie die Rede!«
»Oh, doch. Ich habe es dir an den Augen abgelesen. Du wolltest, daß die tapfere Jen, die liebe, ruhige Jen sagt, laßt uns zivilisiert sein, laden wir Stevies Mutter an unsere Festtafel ein. Nun, das werde ich nicht tun, und damit basta.«
»Aber du glaubst doch nicht im Ernst, daß ich Tina hierhaben will? Nachdem sie mir und Stevie so viele

Weihnachten verdorben, nachdem sie mir das Herz gebrochen, mich belogen und betrogen hat? Warum sollte ich sie wieder hierhaben wollen? Ich bin von ihr geschieden, das weißt du doch, ich bin mit dir verheiratet. *Du* bist diejenige, die ich liebe.«

»Und was ist mit Tinas Weihnachten?«

»Ach, sie wird schon irgendwo ein Plätzchen finden, da mach dir mal keine Sorgen.«

»Ich mache mir keine Sorgen deshalb. Aber du hast besorgt geklungen, als du vorhin davon gesprochen hast. Und Stevie auch. Ihr habt beide ziemlich bedrückt ausgesehen.«

»Das war ich auch, und ich bin es noch immer ein bißchen. Doch solange Stevie da war, wollte ich nicht darüber reden.«

»Warum? Was ist los?« Jen klang ängstlich.

»Ach, nur daß Tina anderen eben immer Kummer bereitet. Wie mit diesem Weihnachtsfiasko. Sie hat auch vor, Anfang nächsten Jahres ins Ausland zu gehen. Mehr oder weniger eine feste Stellung, hat sie gesagt. Wir haben über das Haus gesprochen, ihr Haus. Sie braucht jetzt keine finanzielle Unterstützung mehr. Anscheinend will sie es vermieten und uns sogar etwas von dem Geld zukommen lassen, quasi als Rückerstattung.«

»Das glaube ich erst, wenn ich es sehe.«

»Na ja, ich auch. Aber die Hauptsache ist doch, daß kein monatlicher Scheck mehr an sie geht.«

»Bist du traurig, weil sie wegzieht?«

»Nur wegen Stevie. Ich habe befürchtet, daß er sie

vermissen wird. Aber als ich dann heute abend in dieses gemütliche Heim gekommen bin, habe ich mir gedacht, daß sie ihm wohl nicht lange fehlen wird, wo er es hier doch so gut hat. Du hast es für uns beide zu einem wirklichen Zuhause gemacht.«
Aber Jen wollte sich nicht so schnell einwickeln lassen. Sie hatte gerade erst angefangen, frank und frei ihre Meinung zu äußern, da wollte sie nicht gleich wieder die liebenswürdige Jen-Maske aufsetzen.
»Warum bist du dann so niedergeschlagen, wenn du Tina nicht vermissen wirst und auch denkst, daß Stevie bald darüber hinwegkommt. Was hast du auf dem Herzen?«
»Mir ging durch den Kopf, daß ich wohl ein sehr langweiliger Ehemann sein muß. Tina ist mir weggelaufen, und du rennst sogar am Wochenende zur Arbeit. Ich dachte, das läge daran, daß ich so fade bin.« Martin sah so traurig aus, daß Jen vor ihm niederkniete.
»Und ich habe geglaubt, ich sei fad. Ich wäre so gern ein Rasseweib wie Tina. Aber dich habe ich nicht einen Augenblick, nicht eine Sekunde für langweilig gehalten, das schwöre ich.«
Er küßte sie, während die Flammen im Kamin tanzten. »Männer sind doch wirklich blöde«, meinte er. »Wir vergessen immer, auch mal das Offensichtliche zu sagen. Du bist wunderschön und hinreißend, und ich hatte vom ersten Augenblick an Angst, daß ich für dich nicht gut genug sein könnte, als langweiliger Bankangestellter, und dazu noch mit einem Sohn. Ich

konnte es gar nicht fassen, daß du bereit warst, uns beide zu nehmen. Wenn ich an Tina denke, dann nur mit Erleichterung, weil sie mir Stevie gelassen hat und alles so gekommen ist. Nie im Leben würde es mir einfallen, euch beide auf eine Stufe zu stellen. Niemals!«

»Ich weiß.« Jetzt versuchte Jen, ihn zu beruhigen; er klang so bekümmert. Aber Martin rang um Worte. Er war entschlossen, ihr gegenüber endlich auszusprechen, was in seinem Kopf herumschwirrte, ohne daß er es bisher hatte formulieren können.

»Vor einigen Jahren«, setzte Martin an, »als es hauptsächlich Schwarzweißfilme gab, da sagten sie, wenn einer mal in Farbe war: ›In wunderbarem Technicolor …‹, und genau das bist du für mich. Wunderbares Technicolor.«

Dabei strich er über Jens mausgraues Haar, über ihre blassen Wangen, er legte die Arme um sie und drückte die Frau in der grauen Strickjacke und dem grau-violetten Rock ganz fest an sich. Er küßte sie auf die Lippen, auf denen kaum noch Lippenstift war, und auf die geschlossenen Augenlider ohne jedes Make-up.

»Wunderbares Technicolor«, wiederholte er.

GEMEINSAMKEITEN

Penny schrieb wöchentlich einen Luftpostbrief an ihre Freundin Maggie in Australien. Jede Woche berichtete sie, was sich im Lehrerzimmer zugetragen hatte, wie Miss Hall sich zur Karikatur einer altjüngferlichen Schulmeisterin entwickelte und sich inzwischen alle Kinder, nicht nur die konstanten dreißig Prozent, zu kleinen Kriminellen mauserten. Manche Eltern, meinte sie, gäben sich der abwegigen Hoffnung hin, ihren Töchtern würde eines Tages die Welt zu Füßen liegen. Es sei nun mal schwierig, in einem Land zu leben, das anscheinend seit Ewigkeiten von einer Monarchin und einer Premierministerin regiert wurde, schrieb Penny, denn das setzte den Mädchen Flausen in den Kopf, sie meinten, sie könnten alles erreichen. Und das sei beinahe so schlimm wie das frühere Vorurteil, sie könnten gar nichts werden.

Die Zeit vergehe wie im Flug, fuhr sie fort, sie könne es überhaupt nicht fassen, daß sie nun schon das fünfte Weihnachten an dieser Schule sei. Wenn ihr das jemand gesagt hätte, als sie angefangen hatte! Sie hätte nie gedacht, daß sie mit siebenundzwanzig Jahren noch in ihrer ersten Stellung arbeiten würde, an einer Mädchenschule in einer Großstadt, etliche Kilometer von ihrem Zuhause entfernt. Und daß sie in einer kleinen, heruntergekommenen Wohnung leben würde, die sie nie renoviert hatte, weil sie nur vorübergehend dort hatte bleiben wollen. Sie erzählte Maggie, wie sie an kalten Herbstabenden am Hockeyplatz stand, die Hände in den Taschen vergraben, und die Mannschaft anfeuerte, um ein wenig Verbundenheit mit der Schule zu demonstrieren und der Sportlehrerin einen Gefallen zu tun. Außerdem half sie aus Solidarität beim Schultheater mit und würde auch diesmal – obwohl sie völlig unmusikalisch war – das Weihnachtskonzert mitorganisieren.

Sie brauchte Maggie nicht zu sagen, *warum* sie das alles tat. Maggie wußte Bescheid. Und da Maggie eine gute Freundin war, schnitt sie dieses Thema niemals an. Nie, auch nicht nach vielen Luftpostbriefen, in denen Maggie vom Lehrerdasein im Busch erzählte oder davon, daß sie ein Känguruh totgefahren und gedacht hatte, alle wären erbost darüber, doch dann hatte man ihr sogar dazu gratuliert. Zur Zeit der Schafschur blieben die Klassenzimmer ziemlich leer, schrieb Maggie und erzählte auch von ihrem Freund Pete, mit dem sie eine De-facto-Ehe führte. Das bedeutete, daß sie in einer eheähnlichen Gemeinschaft lebten, was als Voraussetzung anerkannt wurde, wenn man australischer Staatsbürger werden wollte.

Maggie fragte nie nach, warum Penny nicht kündigte, wenn das alles so strapaziös war. Denn Maggie wußte von Jack – und zwar genug, um sich nicht näher nach ihm zu erkundigen.

Zu Anfang ihrer Liebschaft hatte Penny überschwenglich von ihm berichtet – wie plötzlich und wie selbstverständlich er in ihr Leben getreten war. Mit dem sicheren Wissen, daß er sie liebte und brauchte. Für Jack war alles so klar gewesen, daß sich Penny mit ihren Zweifeln albern vorkam. Denn Zweifel hatte sie: weil er verheiratet war, weil er nicht von zu Hause auszog, weil er ihre Affäre geheimhalten wollte.
Was ihm an Penny so gut gefalle, meinte Jack, sei ihre Frohnatur. Das Heitere, Lebhafte, Ungebundene an ihr. Sie sei so ganz anders als die Frauen, bei denen man immer genau wisse, was sie wollten, die ständig mit der gleichen ichbezogenen Masche daherkämen ... Penny spürte, daß diese Masche etwas mit der Frage zu tun hatte, wann und ob dieser Mann jemals frei sein würde. Deshalb vermied sie es in der ersten Zeit, jemals die Sprache darauf zu bringen. Sie hatte ihm hoch und heilig versprochen, daß sie ebenfalls frei sein wolle und ihr der Gedanke an Zwänge und eine feste Bindung zuwider sei. Und als sie dann das Vierteljahrhundert vollendet hatte, konnte sie nicht plötzlich eine Hundertachtzig-Grad-Drehung machen und sagen, daß sie doch ganz gern ein wenig Sicherheit hätte. Sie hatte Germaine Greers Buch »Der weibliche Eunuch« zur Hand genommen und noch einmal das Kapitel gelesen, wonach es so etwas wie Sicherheit überhaupt nicht gebe. Sie zwang sich, diese Anschauung zu übernehmen, und ignorierte beharrlich alle Zeitungsartikel, in denen behauptet wurde, Germaine Greer habe nun selbst ihre Meinung geändert.

Aufgrund von Jacks gesellschaftlicher Stellung und der Tatsache, daß er und seine Frau sich bei vielen gesellschaftlichen Anlässen zusammen zeigen mußten – obwohl das natürlich ohne jede Bedeutung war, und das Lächeln für die Kameras war nur aufgesetzt –, konnte Penny niemandem von ihrem Verhältnis erzählen: daß er in ihre kleine Wohnung kam, wann immer er sich davonstehlen konnte; daß sie zu Hause herumsitzen mußte, weil man ja nie wissen konnte; und daß sie sich nie beschweren durfte, wenn es, wie so oft, mit dem heimlichen Rendezvous nicht geklappt hatte. Anfangs hatte sie Maggie die eine oder andere Andeutung darüber gemacht, aber Maggie, die in der Sicherheit ihrer De-facto-Ehe lebte, war zu taktvoll, um nachzuhaken. Sie hatte sich auf die Bemerkung beschränkt, man könne sich nun mal nicht aussuchen, wo die Liebe hinfalle. Man müsse den anderen so nehmen, wie er sei, und könne ihn nicht wie einen Bausatz auseinandernehmen und neu zusammensetzen – obwohl sie ihren Pete liebend gern neu zusammengesetzt hätte, und zwar ohne seinen unstillbaren Durst nach eisgekühltem Bier! Diese Worte waren Penny ein großer Trost, und in den trüben Stunden, die sich zusehends häuften, schöpfte sie daraus Zuversicht.

Ihre Liebe zu Jack hatte das dritte Weihnachten überdauert, und nun stand das Fest abermals vor der Tür. Es waren die traurigsten Tage ihres Lebens gewesen. Sie saß alljährlich vor dem Fernseher und sah sich fröhliche Shows an, rief ihre Mutter und ihren Stiefvater an, die weit weg wohnten, versicherte ihnen, daß sie glücklich sei, und bedankte sich für all die Geschenke. Dabei spielte sie mit dem Parfümfläschchen, das sie von Jack bekommen hatte, und wartete sehnsüchtig darauf, daß er sich für ein paar Minuten freimachen konnte. Letztes Jahr hatte er sich nur eine Viertelstunde davonstehlen können unter dem Vorwand, er müsse noch etwas aus seinem Büro holen. Die Kinder hatten ihn unbedingt begleiten wollen, er hatte sie im Park zum Spielen abgesetzt. Und so konnte er nur auf einen Sprung bleiben.

Nachdem er gegangen war, hatte sie zwei Stunden lang geheult. Am späteren Nachmittag zog sie dann ihren dunklen Regenmantel an und ging an seinem Haus vorbei. Es war festlich erleuchtet, sie sah Christbäume, Mistelzweige an den Lampen und Weihnachtskarten an der Wand. Für wen denn nur? Die Kinder waren noch zu klein. Aber es war besser, ihn nicht zu fragen. Er durfte nie erfahren, daß sie all das gesehen hatte.

Sie hatte sich so schrecklich einsam gefühlt, daß sie beschlossen hatte, dieses Jahr zu verreisen. Irgendwohin, wo die Sonne schien, vorzugsweise in ein Land, in dem man Weihnachten nicht feierte. Sie hatte an Marokko gedacht, oder an Tunesien. An ein warmes, islamisches Land. Doch Jack war entsetzt gewesen. Gekränkt. Und sogar ein wenig empört.

»Du denkst wohl gar nicht an mich und was ich alles durchmachen muß, um den Schein zu wahren, während du einfach wegläufst«, hatte er sich ereifert. »Weglaufen kann jeder, dazu gehört nicht viel. Habe

ich dich je enttäuscht und an Weihnachten nicht besucht? Beantworte mir das mal.«
Penny sah ein, daß sie wirklich nur an sich gedacht hatte. Doch als nun der Weihnachtstrubel begann, in der Schule Hysterie ausbrach, in den Geschäften seit Wochen nur noch Weihnachtslieder gespielt wurden und sie der allgegenwärtigen Bilder häuslichen Glücks müde war, da bereute es Penny, nicht bei ihrem Entschluß geblieben zu sein. Sie wünschte, sie hätte Jack in ruhigem Ton und mit fester Stimme gesagt, daß eine achttägige Abwesenheit nicht das Ende der Liebe bedeutete, die seit nunmehr fast vier Jahren in ihr brannte und die auch künftig im Mittelpunkt ihres Lebens stehen würde. Sie hätte stark genug sein und die passenden Worte finden müssen, damit es nicht wie eine bloße Geste, wie die Reaktion einer Beleidigten wirkte … etwas in der Art wie: Ich kann auf meinen eigenen Füßen stehen. Doch jetzt war es zu spät. An Heiligabend würde er sie zum Essen einladen, in ein neues, sehr schlichtes Lokal, in dem niemand aus seinem Bekanntenkreis oder dem seiner Frau verkehrte. Nach seiner Beschreibung klang es eher wie ein Café, dachte Penny bedrückt. Im Geiste sah sie sich schon vor Würstchen und Bohnen und einer Tasse Tee mit Milch sitzen.
Aber immer noch besser als … Sie hielt inne und dachte angestrengt nach: Besser als was? Ihr Blick wanderte zu Miss Hall – etwa fünfundfünfzig, seit Jahr und Tag derselbe alte Pullover, derselbe alte Rock, dieselbe schäbige Aktentasche. Abseits saß sie in einer

Ecke und las ihre Zeitungen. Graues Gesicht, graues Haar, graue Kleidung. Ja, es war immer noch besser als das Dasein einer Miss Hall, die ein großes Haus besaß, welches ein Vermögen wert war, und nichts weiter wollte als in Ruhe ihre über alles geliebten Zeitungen lesen. Penny hatte sich oft gefragt, was sie eigentlich darin las – wenn sie überhaupt las –, da sie sich weder für aktuelle Ereignisse noch für Politik oder die Klatschspalten zu interessieren schien. Und Kreuzworträtsel hatte man sie auch nie lösen sehen.

An der Tür des Lehrerzimmers klopfte es, und Lassie Clark trat ein. Lassie gehörte zu den Schülerinnen, die Penny am wenigstens ausstehen konnte: ein großes, verdrießlich dreinschauendes Mädchen, das sich die Haare eigens so frisierte, daß sie den größten Teil ihres Gesichts verdeckten. Ihre Mißbilligung oder Langeweile pflegte sie mit einem kaum wahrnehmbaren Achselzucken zum Ausdruck zu bringen. Ohne ihren Vorhang aus Haaren, der Augen und Mund verbarg, zu lüften, murmelte Lassie, man habe ihr gesagt, sie solle sich um halb vier im Lehrerzimmer melden.

»Weswegen denn diesmal?« fragte Penny. Lassie gehörte zu den wohlbekannten Zöglingen, die sich ständig wegen irgend etwas im Lehrerzimmer melden mußten – wegen eines nicht geschriebenen Aufsatzes, unentschuldigten Fehlens, vergessener Hausaufgaben, und so weiter und so fort.

»Weiß nicht«, antwortete Lassie. »Wegen irgend so einem ollen Schulfestspiel, glaube ich. Vielleicht auch wegen was anderem.«

Penny hatte gute Lust, ihr eine kräftige Ohrfeige zu versetzen. In ihrem nächsten Brief an Maggie durfte sie nicht versäumen zu schreiben, daß das Unterrichten an einer reinen Mädchenschule und die Arbeit in einem ausschließlich weiblichen Kollegium zweifellos etwas Widernatürliches war. Irgendwann drehte man hier durch, und zwar eher früher als später. Was Penny betraf, war der Zeitpunkt jetzt gekommen.
Sie unterdrückte das Bedürfnis, handgreiflich gegenüber dem Mädchen zu werden.
»Wie alt bist du, Lassie?« erkundigte sie sich mit honigsüßer Stimme.
Lassie spähte mißtrauisch unter ihrer Haarmähne hervor, als vermutete sie eine Fangfrage.
»Wie meinen Sie das?« fragte sie.
»Na komm, das ist nun wirklich nicht schwer zu beantworten.«
»Fünfzehn«, bekannte Lassie lustlos.
»Gut. In diesem Alter wirst du ja zweifellos wissen, warum man dich ins Lehrerzimmer geschickt hat. War es wegen dem blöden Festspiel oder wegen irgendeinem anderen Bockmist? Nun rede schon, wir wollen nicht den ganzen Abend hier vertrödeln.«
Lassie starrte sie nun wirklich erschrocken an. Die Lehrerin hatte sich anscheinend nicht mehr im Griff.
»Wegen dem blöden Festspiel«, erwiderte sie mutig, da sie wußte, daß man sie wegen des abfälligen Ausdrucks nicht zurechtweisen würde; schließlich hatte die Lehrerin ihn zuerst gebraucht.

»Und was hast du angestellt? Bist du nicht zur Probe erschienen?«

»Ja.«

»Wie kann man nur so dumm sein! So beschränkt und blöde! Warum bist du nicht zur Probe gegangen und hast es hinter dich gebracht? Jetzt mußt du nachsitzen und im Klassenzimmer eine halbe Stunde irgendeine dämliche Strafarbeit schreiben. Und morgen werden sie dich auf dem Kieker haben und wahrscheinlich sogar verlangen, daß du dich als Schäferin oder als Engel oder so verkleidest. Warum, zum Teufel, bist du nicht hingegangen und hast brav mitgemacht, wie wir anderen es auch tun, alle Jahre wieder, weil es eben einfacher ist?«

Penny hatte noch nie Lassies Augen gesehen, die sie jetzt mit lebhaftem Interesse und einem gewissen Erschrecken musterten.

»Ja, hätte ich vielleicht tun sollen«, räumte sie widerwillig ein.

»Bestimmt sogar. Na schön, in Ordnung, heute ist der Tag, wo ich mich all der Rebellinnen und Sturm-und-Drang-Mädchen annehme, die sich gegen das System auflehnen.«

»Was?« Lassie war verwirrt.

»Vergiß es. Ich bin auch nicht besser als du. Warte unten im Arrestzimmer auf mich.«

Als sie ins Lehrerzimmer zurückging, um ihre Bücher zu holen, sah sie Miss Hall. Die ältere Frau blickte geistesabwesend durch das Fenster hinaus auf die nassen Zweige.

»Entschuldigen Sie, daß ich so laut geworden bin«, meinte Penny.
»Ich habe nichts gehört. Was war denn los?«
»Ach, ich habe Lassie Clark heruntergeputzt«, erklärte Penny.
»Ich frage mich, warum ihre Eltern sich ein Kind zugelegt haben, wenn sie einen Hund haben wollten«, bemerkte Miss Hall unvermutet.
»Vielleicht nennt sie sich nur selbst so.«
»Nein, sie hatte diesen Namen schon immer, zumindest in den letzten neun Jahren. Ich kann mich noch erinnern, wie sie in der Grundschule war und ich mir dachte, was für ein alberner Name das doch sei.«
Penny war überrascht. Denn Miss Hall vergaß sonst stets alles, was die Kinder betraf.
»Himmel, aber sie ist wirklich ein schwieriger Fall, egal, wie sie nun heißen mag«, sagte Penny. Sie klang deprimiert, nicht so heiter wie sonst.
»Das liegt nur an Weihnachten«, entgegnete Miss Hall. »Da hat jeder schlechte Laune. Wenn es nach mir ginge, würde ich es radikal abschaffen.«
Obwohl Penny im Grunde genauso dachte, meinte sie, ihr widersprechen zu müssen.
»Na, kommen Sie, Miss Hall, für die Kinder ist es doch herrlich«, meinte sie.
»Nicht für solche wie Lassie«, wandte Miss Hall ein.
»Aber der paßt doch gar nichts, egal ob Frühling, Sommer, Herbst oder Winter.«
»Ich glaube, mit Weihnachten ist es besonders schwie-

rig. Man hat so hohe Erwartungen, und sie werden nie erfüllt.«

»Sie reden wie der böse Scrooge bei Dickens«, sagte Penny mit einem Lächeln, um den Tadel zu mildern.

»Nein, es ist doch wahr! Wer ist am zweiten Weihnachtsfeiertag schon so glücklich wie an Heiligabend? Egal, ob man nun ein Kind oder ein Erwachsener ist.«

»So schwarz würde ich das nicht sehen.«

»Wie ist das denn bei Ihnen? Sie sind doch ein lustiger, fröhlicher Mensch. Solange Sie hier sind, haben Sie es immer geschafft, die Dinge von ihrer positiven Seite zu sehen, auch wenn es diese manchmal gar nicht gab. Aber habe ich nicht recht? Die Vorfreude auf Weihnachten stimmt einen heiterer, als es dann im Rückblick tatsächlich war.«

Noch nie hatte Penny ein derartiges Gespräch mit der mürrischen Miss Hall geführt. Anscheinend kam an Weihnachten, wenn nicht das Beste, so doch etwas anderes in den Menschen zum Vorschein.

»Es ist komisch, aber was mich angeht, so werde ich mich am zweiten Weihnachtsfeiertag tatsächlich wohler fühlen, weil Weihnachten dann vorbei ist und ich nicht mehr allein herumsitzen, mir den Kopf zerbrechen und abwarten muß, daß es endlich vorüber ist. Aber was andere Leute betrifft, so gebe ich Ihnen recht.«

Miss Halls Blick ruhte auf ihr, und Penny glaubte, Tränen in ihren Augen zu sehen.

Jahrelang hatte Penny tapfer Haltung bewahrt, so daß

der Gedanke, von jemand anderem bemitleidet zu werden, ihren Unmut hervorrief. »Nein, nein, ich möchte nicht, daß Sie mich bedauern«, erklärte sie hastig.

»Ich habe gar keine Zeit, Sie zu bedauern, Penny. Ich tue mir selbst viel zu sehr leid, als daß ich noch Mitgefühl für andere aufbringen könnte.«

Die ältliche Frau sah so elend aus, daß Penny, die Hand bereits am Türgriff, innehielt, obwohl sie eigentlich die Mädchen beaufsichtigen sollte, die nachsitzen mußten.

»Kann ich irgend etwas für Sie tun ...?« fragte sie zögernd. Miss Hall war immer so spröde und sarkastisch. Selbst jetzt, da sie sich zu ihrem Leid bekannt hatte, würde sie bestimmt jegliche Anteilnahme zurückweisen.

Doch Miss Hall wirkte nicht so selbstsicher wie sonst. Es schien, als sei sie im Begriff, etwas zu sagen, als wolle sie sich ihr anvertrauen.

»Nein ... danke ... das ist nett von Ihnen. Aber an gewissen Dingen kann man nun mal nichts ändern.«

»Man kann an allem etwas ändern«, meinte Penny mit falscher Fröhlichkeit, als rede sie mit einem Kind.

»Warum ändern Sie dann nichts an der Art und Weise, wie *Sie* Weihnachten verbringen? Warum machen Sie sich nicht einen schönen Tag daraus, anstatt herumzusitzen und zu wünschen, es wäre schon vorbei?« Die alte Lehrerin sprach in einem mitfühlenden Ton, es klang keineswegs boshaft oder beleidigend.

»Ich glaube, weil es in meinem Fall Dinge gibt, die ich

nicht ändern *will.* Und da ich meine Wahl getroffen habe, muß ich mich mit den Konsequenzen eben abfinden.«

»Ja, das klingt vernünftig. Vorausgesetzt, daß es sich um eine Sache handelt, die man durch seine Entscheidung ändern kann, pflichte ich Ihnen bei, wenn Sie sagen, man könne an allem etwas ändern.« Miss Hall nickte, als freue sie sich, daß sie die Logik des Ganzen durchschaut hatte.

»Und wie steht es bei Ihnen?« Penny kam sich sehr mutig vor, daß sie sich auf dieses gefährliche Terrain vorwagte.

»Es ist nicht einfach eine Frage der einen oder der anderen Alternative. Es geht um etwas, das ich vor Jahren hätte tun sollen – oder vielmehr hätte lassen sollen. Aber reden wir erst mal nicht von mir. Dieses arme trübselige Kind, Lassie – ich glaube nicht, daß sie eine große Wahl hat.«

»Sie könnte sich bemühen, ein bißchen freundlicher zu sein«, murrte Penny.

»Ja, aber deshalb wird Weihnachten für sie nicht anders werden. Liebenswürdig oder nicht, es wird keinen Einfluß darauf haben.«

»Woher wollen Sie das wissen?« Man hatte Miss Hall nie ein Wort über die Kinder verlieren hören.

»Ach, durch Tratsch, wie üblich. Ihre Eltern wollen sich scheiden lassen, ihre Mutter ist bereits von ihrem neuen Liebhaber schwanger, und ihr Vater wohnt schon mit seiner Freundin zusammen. Daß dieses Mädchen, das sie Lassie genannt haben, mit seinem griesgrämigen Gesicht ständig um sie herumschleicht, ist wohl das Letzte, was sie sich für die Feiertage wünschen.«

»Und wie reagiert sie darauf?«

»Wie soll sie schon reagieren? Sie buhlt eben überall um Aufmerksamkeit, vermiest jedem die Stimmung und macht allen ein schlechtes Gewissen. Es sieht ganz danach aus, als könnte sie auf die schiefe Bahn geraten. Aber auch wenn sie noch so liebreizend wäre, würde sie nicht das zurückbekommen, wonach sie sich wirklich sehnt, nämlich ihre Familie, so wie sie früher war. Ordentliche, geregelte Verhältnisse.«

In Miss Halls Stimme klang soviel Mitgefühl und Verständnis mit, daß Penny es erneut wagte, etwas Persönliches anzusprechen ...

»Wie gesagt, bin ich an Weihnachten allein. Wenn es Ihnen recht ist, könnte ich Sie ja besuchen, oder wir treffen uns irgendwo, oder ...« Sie konnte ihre Kollegin nicht zu sich einladen, weil sich Jack vielleicht gerade während ihrer Anwesenheit seine halbe Stunde abknapste. Er wäre sprachlos vor Wut, wenn er eine altjüngferliche Schulmeisterin bei ihr antreffen würde. Doch zumindest konnte Penny der älteren Kollegin anbieten, sie später in ihrem großen Reihenhaus zu besuchen. Gegen Abend, wenn Jack in den Schoß seiner Familie zurückgekehrt war, wie sie es nannte – auch wenn er es als hohle Farce bezeichnete, die er nur um der Kinder willen aufrechterhielt, weil sie noch so klein waren.

»Nein, aber danke, das ist sehr nett von Ihnen.«

»Das haben Sie schon mal gesagt. Warum denn nicht? Warum kann ich nicht zu Ihnen kommen?« Pennys Tonfall klang nun gereizt.
»Weil ich nicht dasein werde. Mein Haus gehört mir nicht mehr. Es mußte verkauft werden.«
»Das kann ich nicht glauben. Wo wohnen Sie dann jetzt?«
»In einem Wohnheim.«
»Miss Hall – soll das ein Witz sein?«
»Dann wäre es ein ziemlich schlechter.«
»Aber warum nur? Soweit ich weiß, gehörte Ihnen das Haus doch seit ewigen Zeiten, schon Ihr Vater und Ihr Großvater haben darin gewohnt. Warum wurde es verkauft?«
»Um meine Schulden zu begleichen. Ich bin eine Spielerin. Ich bin spielsüchtig. Ich würde gern sagen, ich *war* es, aber wie die Alkoholiker müssen auch wir immer die Gegenwartsform benutzen.«
»Sie können doch nicht ewig in einem Wohnheim leben.«
»Das muß ich vielleicht auch nicht. Wenn der Verkauf des Hauses abgeschlossen ist, bleibt mir wahrscheinlich noch genug, um mir irgendwo ein kleines Häuschen zu leisten.«
»Das muß ja schrecklich für Sie sein. Ich hatte von alldem keine Ahnung.«
»Niemand weiß es, abgesehen von meiner Gruppe … der Selbsthilfegruppe. Und meine Gläubiger natürlich, die wissen es nur allzugut. Es wäre verheerend, wenn gerade jetzt die Schule davon erführe. Ich fürch-

te, daß die Direktorin auch zur Weihnachtszeit keine sonderlich mildtätige und nachsichtige Haltung an den Tag legen würde. Deshalb wäre es mir lieber, wenn sie nichts davon hört.«

»Ja, selbstverständlich.« Penny schnappte nach Luft.

»Ich kann mir immer noch irgendeine Geschichte einfallen lassen – daß ich das Haus, die ganzen Bilder und die hübschen Möbel verkaufen mußte, weil es zuviel für mich wurde, weil mir die Arbeit über den Kopf gewachsen ist.«

»Haben Sie auf Pferde gewettet oder Karten gespielt, Miss Hall?«

Miss Hall lächelte. »Warum wollen Sie das wissen?«

»Vielleicht, weil mir das alles so unwahrscheinlich vorkommt … und weil ich das Gespräch sozusagen auf einer sachlichen Ebene halten wollte, um mich von Ihrer Geschichte nicht ganz durcheinanderbringen zu lassen.«

Miss Hall zeigte Verständnis dafür. Und fuhr mit einem etwas gequälten Lächeln fort: »Nun, damit die Geschichte noch unwahrscheinlicher klingt, lassen Sie mich sagen, daß ich Chemin de fer gespielt habe. So etwas wie Bakkarat.«

»In einem Club?«

»Ja, in einem feudalen Club, eine Zugstunde von hier entfernt. Wo mich keiner kennt. So, jetzt wissen Sie alles.«

Penny wurde klar, daß sie gehen mußte. Und zwar sofort. Ohne Abschiedsfloskeln. Ohne Beileidsbeteuerungen. Sie schloß einfach die Tür hinter sich.

Im Arrestzimmer saß die schmollende Lassie an ihrem Tisch. Allein.
»Du kannst aufhören und heimgehen«, sagte Penny.
»Ich kann *nicht* heimgehen, ich muß das doch hinter mich bringen. Sie haben selbst gesagt, es war dumm von mir, daß ich nicht da hingegangen bin. Ich will mir nicht noch mehr Ärger einhandeln.«
»Du hast recht. Ich dachte nur, du würdest vielleicht lieber heimgehen und es zu Hause fertigmachen.«
»Wozu? Da ist ja sowieso keiner«, erwiderte Lassie.
»Ja, bei mir auch nicht«, grinste Penny.
»Aber Sie haben es sich so ausgesucht, und Sie sind alt.«
»Nein, ich habe es mir *nicht* ausgesucht, und alt bin ich auch nicht.«
»Entschuldigung.« Lassie brachte ein schiefes Lächeln zuwege.
»Dann mach mal weiter, ich muß was überlegen.«
In dem großen Klassenzimmer, in dem die Schülerinnen ihren Arrest absitzen mußten, nahm Penny auf einem Stuhl Platz. Vor ihr mühte sich Lassie Clark mit einem eineinhalbseitigen Aufsatz über »Veränderungen in der Nachbarschaft« ab, den niemand jemals lesen würde. Er diente lediglich zur Bestrafung.
Penny dachte an ihre Mutter und ihren Stiefvater. Nun war es zu spät, um Weihnachten bei ihnen zu verbringen, selbst wenn sie es gewollt hätte – was allerdings nicht der Fall war. Es würde sie nur beunruhigen, und das Haus würde zu viele Erinnerungen wachrufen an

jene Zeit, als Pennys Daddy noch gelebt hatte und sie selbst ein kleines Mädchen gewesen war, das noch keine Sorgen kannte.
Es war auch zu spät, um in ein Land zu fahren, in dem es kein Weihnachten gab, nur Swimmingpools, Palmen und kalte Büfetts unter strahlend blauem Himmel.
Jedoch war es nicht zu spät, ihr Weihnachtsfest noch zu retten – falls sie das wirklich wollte. Falls sie es wirklich wollte, konnte sie das eine oder andere Fenster zu ihrem Herzen öffnen, das sie wegen Jack verschlossen hatte. Aus blinder Liebe zu ihm. Es war keine wahre Liebe, sie war nur in ihn vernarrt und hatte Angst, ihn zu verlieren.
Langsam, methodisch und nüchtern durchdachte sie alles. Auf diese Weise würde allen gedient sein, aber natürlich warf das Probleme auf. Nur ein Narr konnte davor die Augen verschließen.
Auf keinen Fall durfte es den Anschein von Mitleid erwecken. Nichts von wegen »letzter Rettungsanker«. Wenn Penny die Sache wirklich durchzog, würde sie keine Minute damit verschwenden, gegebenenfalls zwischen der schroffen, abweisenden Miss Hall und der grollenden, schmollenden Lassie zu vermitteln.
Sie atmete tief durch und betrachtete das Kind, das vor ihr am Tisch saß. Bildete sie es sich ein, oder hatte das Mädchen tatsächlich die Haare hinter die Ohren geschoben? Sie wirkte, wenn schon nicht aufgeweckt, so doch wenigstens zugänglich.
»Lassie«, sprach sie sie an.

»Haben Sie sich alles überlegt?« fragte Lassie.

»Ja, und ich möchte dir ein Angebot machen. Es hängt eine Menge von deiner Antwort ab, also hör mir genau zu.«

»In Ordnung«, meinte Lassie nicht unfreundlich.

Sie hörte Penny zu. Danach herrschte Schweigen.

»Haben Sie eine schöne große Wohnung?« wollte sie schließlich wissen.

»Nein, sie ist *nicht* besonders schön. Ich habe nie was daraus gemacht, weil ich immer dachte, ich würde nicht lange dort bleiben. Aber ich habe Platz. Miss Hall bekommt ein separates Zimmer mit einem Sofa, das man zum Bett ausziehen kann. Wenn du einen Schlafsack mitbringst, kannst du im Wohnzimmer übernachten und auch fernsehen, wenn du das Gerät leise stellst. Ich habe mein eigenes Zimmer.«

»Bis Weihnachten sind es noch zehn Tage«, meinte Lassie gleichmütig.

»Ja, na und?« Penny wußte nicht, ob sie sich freuen oder ärgern sollte, daß das Kind alles so sachlich zur Kenntnis nahm. Eine Einladung, Weihnachten mit zwei Lehrerinnen zu verbringen, erhielt sie schließlich nicht alle Tage.

»Ich habe damit gemeint, daß wir die Wohnung hübsch herrichten könnten, vielleicht auch ein bißchen streichen, einen Christbaum aufstellen und uns im Kochen üben. Darin ist wohl keine von uns besonders gut, nehme ich an?«

»Nein.« Penny konnte sich ein Lächeln nicht verkneifen.

»Hat sie Geld?« Lassie machte eine Kopfbewegung in Richtung Lehrerzimmer.

»Nein, das glaube ich nicht. Aber ich habe genug. Auch wenn ich kein Krösus bin.«

»Wahrscheinlich kriege ich von zu Hause etwas Geld, das ich beisteuern kann. Weil sie nämlich heilfroh sein werden, daß sie mich los sind.«

»Aber du weißt, Lassie, daß du nicht auf Dauer bei mir wohnen kannst, nur über die Weihnachtstage.«

»Das ist in Ordnung. Es sind ja auch die schlimmsten Tage«, erwiderte das Mädchen.

»Dann gehe ich jetzt und frage Miss Hall. Ich bin sicher, daß sie zustimmt.«

»Sie wäre verrückt, wenn sie es nicht täte«, bemerkte Lassie weise.

Miss Hall hörte mit unbewegter Miene zu. Allmählich fragte sich Penny, wie viele Menschen es eigentlich auf der Welt gab, die scheinbar nichts aus der Ruhe bringen konnte.

»Ja«, meinte sie schließlich, »das wäre sehr schön. Ich bin froh, daß Sie ihr von meiner mißlichen Lage erzählt haben, zumal Sie ja auch von mir erfahren haben, in welcher Situation *sie* sich befindet. Bei uns ist also alles klar. Das einzige Problem sind nun *Sie.*«

»Wieso bin ich ein Problem?« Penny war dermaßen empört, daß es ihr beinahe die Sprache verschlug. Da bot sie diesen beiden Außenseiterinnen über Weihnachten eine Zufluchtsstätte an, und plötzlich wurde *sie* als diejenige hingestellt, die ein Problem hatte.

»Nun, da muß es doch irgendeinen Mann geben,

einen verheirateten Mann«, sagte Miss Hall ohne den geringsten Vorwurf in der Stimme. »Und Sie hatten ja noch keine Zeit, Ihre neuen Pläne für Weihnachten mit ihm zu besprechen. Könnte es da nicht sein, daß Sie es bereuen, uns eingeladen zu haben, oder daß er es Ihnen übelnimmt?« fragte Miss Hall so beiläufig, als würde sie sich erkundigen, ob noch Kekse für die Kaffeepause da seien.

»Nein. Nein, bestimmt nicht. Völlig ausgeschlossen«, beteuerte Penny.

»Und Sie müssen sich das auch nicht jedes Jahr antun, meine Liebe«, meinte Miss Hall besorgt. »Sie sind so eine gute, warmherzige Seele. Es könnte Ihnen leicht passieren, daß Sie sich immer wieder der Versager annehmen, anstatt mit normalen, gesunden Menschen zusammen zu sein, denen Sie in Liebe verbunden sind.«

Sie sprach leise und mit aufrichtiger Herzlichkeit, und dennoch wußte Penny, daß sie in einem knappen, geschäftsmäßigen Ton antworten mußte.

»Es ist gut, daß Sie mich daran erinnern«, lächelte sie. »Und Sie haben natürlich vollkommen recht, dieses Weihnachten ist eine Ausnahme. Danach sind wir alle geheilt und stürzen uns mit neuem Elan ins Leben.«

Sie würde Maggie einiges zu schreiben und Jack nur wenig zu sagen haben. Denn Jack würde wissen, daß es keine leere Geste war, kein Versuch, um seine Aufmerksamkeit zu heischen. Sondern ein Anzeichen dafür, daß sie tatsächlich geheilt und auf dem Weg der Besserung war.

DER WEIHNACHTS-BARAMUNDI

Sie lernte ihn an Heiligabend auf dem Fischmarkt kennen. Trotz der frühen Morgenstunde herrschte bereits reger Betrieb. Ihre Hände berührten sich, als sie auf den gleichen Barsch zeigten.

»Diesen«, sagten sie gleichzeitig.

Alle mußten lachen: Janet, die Lehrerin; Nick, der Bankier; und Hano, der jüngste Sohn des Fischhändlers.

»Nehmen Sie ihn«, bot Nick galant an.

»Nein, nein, Sie waren vor mir dran«, entgegnete Janet.

»Er hat noch viele Brüder und Schwestern, Sie können beide einen haben«, schlug Hano vor.

»Mir behagt der Gedanke an seine Brüder und Schwestern nicht«, meinte Janet.

»Kann ich gut verstehen, aber im Grunde sind wir doch große Heuchler, nicht wahr?« Nicks Gesicht war voller Falten, wenn er lächelte.

»Von wem sagt man, sie könnten nichts essen, was ein Gesicht hat?«

Nachdenklich betrachtete Janet die toten Fische. Jeder hatte ganz zweifelsfrei ein Gesicht, bei manchen glaubte man sogar, einen bestimmten Ausdruck zu erkennen.

»Hey, Sie wollen wohl, daß wir an Weihnachten alle nur Brot und Käse essen«, meinte er.

Janet seufzte. »Nein, aber genau das ist mein Problem. Zuerst sehe ich bei allem die Schattenseiten, und dann mache ich doch weiter wie bisher.«

»Bei mir ist das anders, ich bevorzuge die Vogel-Strauß-Methode: Tu einfach so, als ob nichts ein Gesicht hätte, geschweige denn Brüder oder Schwestern. Schmeiß es einfach auf den Grill, und iß es.«

»Dünsten oder in Folie braten, meinen Sie wohl. Der hier ist viel zu groß zum Grillen.« Janet nahm immer alles sehr wörtlich.

»Trinken Sie einen Kaffee mit mir«, schlug Nick unvermittelt vor.

Hano packte ihnen ihre Fische ein. Janet zahlte bar, Nick mit einer goldenen Kreditkarte. Dann faßte er sie unter, und sie gingen zu einem Café, wo die Leute Kaffee aus kleinen Täßchen tranken und köstliches italienisches Weißbrot dazu aßen. Hano winkte ihnen hinterher. Er wäre liebend gern mit ihnen gegangen, um ebenso unbeschwert zu plaudern und zu lachen wie sie. Statt dessen spürte er den Blick seines Vaters im Nacken – und den seines Onkels und seiner beiden älteren Brüder. Heute war einer der hektischsten Tage des Jahres. Er sollte arbeiten und sich um die Kundschaft kümmern, anstatt vor sich hinzuträumen.

Fisch erfreute sich an Weihnachten immer größerer Beliebtheit. Und inzwischen war es fast zur Tradition geworden, auf den Markt von Pyremont zu gehen. Die Kunden genossen das Treiben hier ebenso wie später den gekauften Fisch. Zum Beispiel dieses Paar eben: Der Mann war reich, allein, für ein solches Jackett müßte Hano fünf Jahre lang arbeiten. Seine Uhr war aus Gold. Und er hatte nicht einmal hingeschaut, was für einen Betrag er unterzeichnete. Der hatte es nicht nötig, seinen Fisch selbst zu kaufen; das hätte ebensogut jemand für ihn erledigen können. Nun, vielleicht war er einsam; vielleicht hatte er Streit mit seiner Frau. Wahrscheinlich war er Junggeselle oder geschieden. Hano schätzte sein Alter auf fünfunddreißig bis vierzig.

Janet stellte sich dieselben Fragen, während sie zum Café hinübergingen.

Doch als sie dann den Espresso schlürften und die warme Focaccia aßen, war es ihr egal, ob er verheiratet war oder ledig, ob zwanzig Leute zu Hause auf ihn warteten oder niemand. Es machte einfach Spaß, sich mit ihm zu unterhalten. Sie saßen auf Barhockern und sprachen über Heiligabend in anderen Ländern. Nick hatte einige Jahre in New York gelebt, dort war es immer ein naßkalter Tag gewesen. Er wußte noch, wie er aus seinem Büro gehetzt war und sich unter die vielen Menschen gemischt hatte, die im letzten Augenblick Weihnachtsgeschenke kaufen wollten, zusammen mit einer Million anderer Leute. In New York City nahm man sich immer nur ganz kurz frei. Nicht wie hier in Sydney, wo alles wochenlang geschlossen war.

»Na ja, es sind unsere Sommerferien«, erwiderte Janet. Sie meinte immer, sich für die langen Schulferien rechtfertigen zu müssen, die sie als Lehrerin hatte. Ihre Freunde pflegten zu sagen, daß ihr Leben ein einziger langer Urlaub sei. Aber sie mußten auch nicht vom ersten Klingeln an schrille Kinderstimmen ertragen, sich mit lärmenden kleinen Persönlichkeiten herumschlagen und bis zum Schluß des Arbeitstages jede Sekunde voll da sein. Natürlich, sie hatte nie etwas anderes werden wollen als Lehrerin, erzählte sie Nick. Und sie erzählte ihm auch von einem Weihnachten, das sie in Frankreich verbracht hatte, weil sie ihre Französischkenntnisse auffrischen wollte. Allerdings hatte sie dann lediglich ihre Weinkenntnisse verbessert.

Und während die Menschen um sie herum an den Fischtheken entlangschlenderten, Wasser durch den Rinnstein gurgelte und noch nicht geschmolzene Eisbrocken klirrend zu Boden fielen, sprachen sie über Weine, die sie beide mochten. Nick und Janet unterhielten sich wie zwei Menschen, die einander unbedingt näher kennenlernen wollten und dabei doch die eine Frage vermieden, die alles beenden konnte, noch bevor es begonnen hatte. Jeder hatte einen Fisch gekauft, der groß genug war, um eine ganze Familie damit durchzufüttern. Keiner von ihnen trug einen Ring, aber das hatte nichts zu sagen. Beiden fiel auf, daß der andere es nicht eilig hatte, nach Hause zu gehen, aber auch das mußte nichts heißen. Doch nachdem die Bedienung schon zum drittenmal ihre leeren

Tassen abgeräumt hatte, konnten sie nicht mehr länger um den heißen Brei herumreden.

»Wenn ich noch einen trinke, fange ich wahrscheinlich an zu zittern«, meinte Nick.

»Ich auch.« Janet biß sich auf die Unterlippe.

»Was ist los?« fragte er.

»Manchmal wünsche ich mir wirklich, daß ich mir dieses Schulmädchengeplapper wie ›ich auch‹ oder ›ich weiß es!‹ abgewöhnen könnte. Der einzige Nachteil am ständigen Zusammensein mit Kindern ist, daß man anfängt zu reden wie sie.«

»Haben Sie Kinder?« fragte er plötzlich sehr direkt.

»Zweihundertundelf bei der letzten Zählung«, antwortete sie. Und fügte dann, um nicht schnippisch zu wirken, hinzu: »Aber ich sage ihnen jeden Tag um vier Uhr auf Wiedersehen.«

»Verstehe.« Er schien erfreut.

»Und Sie?« Janet hoffte, daß es beiläufig klang.

»Ungefähr neunzig, aber nur in der Bank.« Und sie wußte, daß er, wenn er die Bank verließ, auch ihnen den Rücken kehrte.

»Ah, ja.« Sie freute sich. Vielleicht würde sie es mit einer Frau aufnehmen müssen, aber nicht mit niedlichen kleinen Babys, die ihren Daddy brauchten.

Inzwischen war es Mittag geworden.

»Darf ich Sie wiedersehen?« fragte er schlicht.

»Aber bitte doch«, antwortete sie. Es war eine scherzhafte Antwort, mit der sie ihre Freude und ihre große Erleichterung verbarg. Würde er sie um ihre Telefonnummer bitten? Würde er ihr seine geben? Würde er

einen Vorschlag machen? Janet schnürte es die Kehle zu.
»Was schlagen Sie also vor?« fragte er und überließ damit ihr die Entscheidung.
»*Nächstes Jahr um dieselbe Zeit am selben Ort* ist wohl ein bißchen lange hin.« Sie legte den Kopf schief und sah ihn erwartungsvoll an. Eigentlich haßte Janet Frauen, die sich so verhielten. Aber sie hatte das Gefühl, daß man ihr sonst am Gesicht ablesen konnte, wie sehr sie sich danach sehnte, ihn wiederzusehen, ihn besser kennenzulernen.
»Oh, ich hoffe, daß ich Sie nächstes Jahr um diese Zeit schon gut kenne«, bemerkte er leise. »Sehr gut sogar.«
Janet überlief ein Schauder. Ihre Mutter pflegte dann immer zu sagen, der Hauch des Todes habe sie gestreift.
»Nun«, meinte er. »Nun denn.« Und nannte ein Restaurant und eine Uhrzeit, drei Tage später.
»Wird dort überhaupt offen sein?« Sie wollte nichts riskieren.
»Oh, ja, ganz sicher.«
Beide sahen einander an, als sei noch längst nicht alles gesagt. Nick nahm eine Broschüre zur Hand, in der all die verschiedenen Sorten Fisch auf dem Markt angepriesen wurden, und riß ein Stück Papier heraus, auf dem ein Baramundi abgebildet war. Rasch kritzelte er ein paar Zahlen darauf.
»Falls Sie es sich anders überlegen«, meinte er.
Sie riß ebenfalls einen Baramundi heraus und schrieb ihre Telefonnummer auf.

»Oder Sie.«
»Ganz sicher nicht, es ist der Höhepunkt des Festes«, erwiderte er und verneigte sich scherzhaft.
»Ich freue mich darauf«, sagte Janet und ging zu ihrem Wagen, wobei sie den Pfützen auswich, die sich unter den Verkaufstheken gebildet hatten. Als sie einen Blick zurückwarf, sah sie ihn noch immer dastehen. Warum sie einander wohl nicht »Frohe Weihnachten« gewünscht hatten wie alle anderen? Vielleicht, weil sie glaubten, daß der andere an Weihnachten etwas zu klären hatte.
Janet teilte sich mit drei anderen Lehrerinnen ein Haus. Jede hatte ein großes, sonniges Zimmer als Schlafzimmer. Außerdem gab es eine riesige gemeinsame Küche, zwei Badezimmer und einen kleinen Garten, in dem vier Sonnenliegen standen. Sämtliche ihrer Bekannten sagten, daß sie verrückt seien, so ein teures Haus zu mieten, obwohl doch jede von ihnen eine Anzahlung und Hypothekenzinsen für ein eigenes Haus erübrigen könnte. Aber zu diesem Zeitpunkt wollte das keine von ihnen. Und für Frauen, die zum Teil schon über dreißig waren, kamen sie ausgesprochen gut miteinander aus. Jede lebte ihr eigenes Leben. Sie hatten eine Putzfrau, die einmal pro Woche saubermachte. Keine stellte ihren Fernseher zu laut. Und wenn mal ein Freund über Nacht blieb, wurde kein Aufhebens darum gemacht, ebenso wie auch sonst nie ein böses Wort fiel. Sie lachten über ihre Wohngemeinschaft und nannten das Haus *Menopause Manor*, doch das konn-

ten sie nur, weil es so weit von der Wahrheit entfernt war.

In diesem Jahr waren sie über Weihnachten alle da und planten, gemeinsam im Garten zu essen. Dafür gab es die unterschiedlichsten Gründe: Janet hatte eine neue Stiefmutter, der sie erst mal eine Atempause gönnen wollte, bevor sie sie an Festtagen heimsuchte. Maggies Freund war verheiratet und daher an Weihnachten nicht verfügbar. Kate saß an ihrer Magisterarbeit und hatte sich vorgenommen, drei Wochen lang täglich sechs Stunden in *Menopause Manor* daran zu arbeiten. Sheila stammte aus Irland; manchmal machte sie den weiten Weg nach Hause, aber dieses Jahr hatte sie nicht genug Geld gespart und konnte auch nicht die nötige Begeisterung für Regen und Graupelschauer aufbringen, so daß sie ebenfalls in Sydney blieb. Sie würden sich einen vergnügten, faulen Tag machen, alle vier, ohne Gefühlsduselei, aber wahrscheinlich ein wenig beschwipst. Keine würde Maggies Freund erwähnen und wie aussichtslos die ganze Geschichte doch sei; keine würde bei Sheila Heimweh nach der Grünen Insel wecken, indem sie *Danny Boy* anstimmte. Alle würden Kate bei ihrer Magisterarbeit den Rücken stärken. Und da keine ahnte, daß Janet soeben den wunderbarsten Mann auf der ganzen Welt kennengelernt hatte, würde darüber nicht eine Bemerkung fallen.

Am Heiligabend saß Janet draußen im Garten; die Nacht war mild, und es roch nach Blumen. In der Ferne hörte sie die Brandung rauschen. Wo mochte er wohl in diesem Augenblick sein, fragte sie sich, der Mann namens Nick, der Lachfältchen im Gesicht hatte und im Bankwesen tätig war. Er hatte nicht gesagt, daß er in einer Bank arbeitete, das war ein feiner Unterschied. Um zehn Uhr läutete das Telefon. Und obwohl sie beinahe sicher war, daß jemand aus Irland für Sheila anrief, ging Janet hin und hob ab.

»Janet?«

»Nick?« antwortete sie prompt.

»Ich wollte nur ›Frohe Weihnachten‹ wünschen. Das haben wir heute vergessen.«

»Ja, stimmt. Frohe Weihnachten.« Und obwohl sie es haßte zu warten, schaffte sie es, sonst nichts zu sagen.

»Haben Sie den Baramundi noch?« fragte er.

»Ja, ja. Sicher.« Wieder herrschte Schweigen.

»Einen schönen Tag dann«, wünschte er.

»Ihnen auch.«

Sie legten auf. Und Janet ging zurück in den Garten, umfaßte ihre Knie und blickte in den sternenklaren Himmel hinauf. Sie wußte genau, warum sie so schweigsam gewesen war. Sie wollte die Weihnachtstage über träumen dürfen. Sie wollte an Nick und an sein Lächeln denken können und daran, daß er am Heiligabend um zehn Uhr an sie gedacht hatte. *Nicht* denken wollte sie an seine Frau und seine Kinder, falls er welche hatte, oder an seine langjährige, verständnisvolle Lebensgefährtin, auch nicht an eine schwierige Scheidung. Sie wollte an ihn als den Mann denken, der sich darauf freute, sie in drei Tagen wiederzusehen.

Der gesagt hatte, daß sie sich nächstes Jahr um diese Zeit bestimmt sehr gut kennen würden.
Und so saß sie da und barg dieses Geheimnis in ihrem Herzen. Sie war seit sechs Jahren, seit ihrem zweiundzwanzigsten Lebensjahr, nicht mehr verliebt gewesen. Seither hatte es zwar den einen oder anderen gegeben, aber keinen, der als wahre Liebe zählte. Daher hatte sie vergessen, wie unglaublich wundervoll man sich dabei fühlte, wie verrückt und federleicht und losgelöst von der wirklichen Welt. Sie hörte die Kirchenglocken, die zum Gottesdienst riefen. Fröhliche Menschen wünschten sich auf der Straße »Gute Nacht«. Der Weihnachtstag war angebrochen.
Obwohl sich kein Lufthauch regte, schauderte sie. Schon zum zweitenmal an diesem Tag. Und unvermittelt fiel Janet ein, wie ihre Mutter ihr am achtzehnten Geburtstag beim Anziehen ihres ersten richtigen Abendkleids geholfen hatte.
»Ich bin ja so glücklich«, hatte Janet gesagt und sich begeistert vor dem Spiegel gedreht.
»Du wirst nie wieder so glücklich sein wie jetzt«, hatte ihre Mutter erwidert. Janet war sehr wütend geworden. Denn damit hatte ihre Mutter all den Glanz und Zauber dieses Augenblicks zerstört. Und sie hatte diesen Satz niemals vergessen, auch wenn ihre Mutter sich geirrt hatte.
Denn Janet hatte noch glücklichere Momente erlebt als diesen achtzehnten Geburtstag. Als sie sich mit einundzwanzig Jahren in Mark verliebte, mit dem sie vierzehn Monate jede Minute vollkommen glücklich

gewesen war. Warum kamen ihr jetzt die Worte ihrer Mutter in den Sinn, die Worte einer Frau, die gar nicht wußte, was Glück war? Die immer die Schattenseiten gesehen hatte? Zuviel Lachen hieß Tränen noch vor dem Schlafengehen. Zu schönes Wetter verursachte nachher Kopfschmerzen. Bei freundlichen, warmherzigen, entgegenkommenden Menschen würde sich früher oder später zeigen, daß auch sie ihre Schwächen hatten.

Janets Mutter war jetzt seit vier Jahren tot. Und die Frau, die ihr Vater vor kurzem geheiratet hatte, war ein völlig anderer Typ: klein, mollig und immer fröhlich. Janet konnte nicht verstehen, was die beiden aneinander fanden, aber das war ja auch vollkommen egal. Vielleicht war es ähnlich wie bei ihr und Nick, so unwahrscheinlich das klang. Schließlich hatte ihr Vater Lilian in einem Fernsehstudio kennengelernt, wo sie beide im Publikum saßen, und jetzt waren sie verheiratet. Janet hatte Nick heute morgen auf dem Fischmarkt kennengelernt, und er hatte gesagt, daß sie beide sich nächstes Jahr um diese Zeit sehr gut kennen würden. Gerade eben hatte er angerufen, um ihr »Frohe Weihnachten« zu wünschen. Die schönen Zeiten fingen erst an.

Am Weihnachtstag sagten die anderen, daß Janet sich von Grund auf verändert habe. Den ganzen Tag lächelte sie fröhlich und unbeschwert vor sich hin. Sie machte den Salat an, deckte den Tisch im Garten, buk die Kartoffeln und kühlte den Wein. Obwohl sonst nicht gerade ein Hausmütterchen, bestand sie an diesem

Tag darauf, alles allein herzurichten. Liebevoll garte sie den Barsch. Denn diesen Fisch hatte Nick berührt. Über diesen Fisch hatten sie beide gelacht. Dieser Fisch hatte sie zusammengeführt.

Der Tag schien nicht enden zu wollen; ein schöner, aber langer Tag. Als Janet glaubte, es müsse mindestens sieben Uhr sein, war es erst fünf. Doch irgendwie gingen die Tage vorbei. Und dann brach der Morgen an. Der Morgen vor dem gemeinsamen Mittagessen. Janet hatte Ringe unter den Augen, weil sie so schlecht geschlafen hatte. Bestimmt machte sie sich zu große Hoffnungen, maß allem zuviel Bedeutung bei, las mehr hinein, als sie erwarten durfte. Ja, wahrscheinlich, aber trotzdem konnte sie nicht schlafen. Da kein Friseur offen hatte, wusch sie sich selbst das Haar und verbrachte Stunden damit, es in die Form zu legen, die sie haben wollte. Eigentlich hatte sie ihre apricotfarbene Bluse und einen grauen Jeansrock tragen wollen, doch dann fand sie, daß sie damit aussah wie ein Revuegirl aus Oklahoma. Für eine Jacke war es zu warm, und das Lokal war zu elegant, als daß man dort in Freizeitkleidung hätte aufkreuzen können. Auf dem Fischmarkt hatte Janet Jeans getragen. Doch sie wollte ihm zeigen, daß sie auch andere Kleidung besaß.

Als sie sich schließlich für einen karierten Rock und ein schlichtes weißes T-Shirt entschieden hatte, war es höchste Zeit, ein Taxi zu rufen. Es dauerte ewig, bis eins kam. Aufgelöst und mit rotem Gesicht betrat Janet das Restaurant.

»Ich habe schon mal Austern für uns bestellt«, sagte er und sah sie fragend an. War sie einverstanden?
Normalerweise konnte Janet es nicht ausstehen, wenn Männer für ihre Frauchen bestellten, es war eine aufdringliche Geste. Aber Nick hatte ja nur versucht, großzügig zu sein. Sie lächelte, daß ihr beinahe das Gesicht schmerzte.
»Es gibt nichts Besseres, finde ich«, antwortete sie.
Das Mittagessen verlief wie ihre Kaffeepause auf dem Fischmarkt, wenn nicht noch angenehmer. Sie sprachen über das Bankwesen und wie schwierig es für Nick war, mit normalen Menschen zusammenzukommen. Statt dessen verbrachte er seine Tage mit Geschäftsleuten und Komitees und las Berichte, aufgrund deren er Entscheidungen traf. Janet erzählte vom Alltag in der Schule, klagte, daß man nie die Zeit hatte, die Kinder kennenzulernen und herauszufinden, was sie wirklich tun wollten, was für Menschen sie waren und was sie von der Zukunft erwarteten. Statt dessen hielt man sich an den Lehrplan, sorgte dafür, daß die Kinder durch die Prüfungen kamen und die Schule gut dastand, weil sie so glänzende Schüler hatte.
Sie schafften es nicht aufzuessen, die Sauce war zu üppig. Während sie die übrigen Garnelen auf dem Teller hin und her schoben, schlug er plötzlich vor:
»Laß uns heute nachmittag zusammensein, ja?«
»Gern. Und wo?«
»Kein Problem.«
Wieder lächelte sie strahlend. Er konnte nicht verhei-

ratet sein oder gebunden. Er betrog niemanden. Denn es gab kein Problem.
»Gut.« In Janets Gesicht spiegelte sich hoffnungsfrohe Erwartung.
»Ich habe nämlich ein Zimmer reserviert, für den Fall ... für den Fall, daß du ja sagen würdest«, meinte er.
Es war ein Motel. Wo man reservierte. Er war sich ihrer so sicher gewesen, daß er bereits ein Zimmer reserviert hatte. Janet wurde das Herz schwer, und man sah es ihr an.
»Stimmt etwas nicht?« fragte Nick.
»Alles in Ordnung«, lächelte sie tapfer. Er war so geradeheraus. Er mochte sie. Er mochte sie genug, um sie zum Essen einzuladen, um sie am Heiligabend anzurufen, Austern für sie zu bestellen und ein Zimmer für den Nachmittag zu reservieren, weil er mit ihr zusammensein wollte. Vielleicht war sie selbstsüchtig, wenn sie Forderungen stellte, von ihm Beteuerungen hören wollte, daß er noch zu haben sei – und außerdem eine gute Partie, ein Mann, der sein Weibchen großzügig aushielt. Janet war eine emanzipierte Frau. Sie wußte, daß man seinen Spaß miteinander haben konnte, als gleichberechtigte Partner, wenn man das wollte. Die Tage, da man von einem Mann verlangte, Beschützer und Ernährer zu sein, waren längst vorbei.
»Sollen wir dann also aufhören, so zu tun, als ob wir diese Garnelen noch aufessen?« fragte er mit einem Lachen.

»Ich habe den Kampf schon lange aufgegeben«, nickte sie.
Sie fuhren zu dem Motel. Ein Haus, an dem Janet schon oft vorbeigefahren war und sich manches Mal beiläufig gefragt hatte, wovon sie dort eigentlich lebten. Jetzt wußte sie es; sie vermieteten stundenweise. Es war sauber und funktionell eingerichtet. Nick hatte eine Flasche Wein in einer Kühltasche dabei, ein weiteres Zeichen, daß er mit ihrem Einverständnis gerechnet hatte. Er goß ihr ein Glas ein. Es war ein guter Wein, von einem Weingut, über das sie gesprochen hatten, aber heute schmeckte er wie Essig. Auch war Nick ein zärtlicher und rücksichtsvoller Liebhaber; und danach hielt er sie beschützend im Arm, als hätten sie schon oft so dagelegen und würden das noch jahrelang tun. Ihre Stimmung hob sich. Vielleicht war das ja die moderne Lebensart; die Umgangsformen hatten sich geändert. Man mußte keine Spielchen mehr spielen und so tun, als ob man schwer herumzukriegen sei; der Tausch von Liebesdienst gegen dauerhafte Fürsorge, von Sex gegen Trauschein war passé.
»Ich habe dir etwas mitgebracht, ein albernes kleines Geschenk«, sagte er und griff nach einem Päckchen auf dem Nachttisch. In diesem Augenblick liebte sie ihn von ganzem Herzen. Und sie war froh, daß sie nicht die Empörte gespielt hatte, als er vorschlug, den Nachmittag im Motel zu verbringen.
»Was ist es?«
Für sie war es das kostbarste all ihrer Weihnachtsgeschenke. Sie wickelte einen kleinen Blechfisch aus,

wie man ihn an den Weihnachtsbaum hängte oder mit einem Magnet an der Kühlschranktür befestigte.
»Ein Baramundi«, sagte er, sichtlich erfreut über ihre scheinbare Begeisterung. »Um dich daran zu erinnern, daß wir uns kennenlernten, als wir beide auf diesen Fisch zeigten und uns darum stritten und dann Freunde wurden.« Wieder legte er den Arm um ihre Schulter und drückte sie zärtlich an sich.
»Sehr gute Freunde«, fügte er beifällig hinzu. Sie drehte den kleinen Fisch in der Hand hin und her.
»Danke«, sagte sie und wußte, daß ihre Stimme belegt klang. Ihre Freude war nicht echt.
»Na ja, es ist eher ein Scherzartikel«, meinte er verlegen.
»Nein, er ist wunderbar, danke.« Am liebsten wäre sie Millionen von Meilen entfernt gewesen. Warum war sie nicht mit ihrem eigenen Wagen gefahren? Janet versuchte sich zu erinnern. Sie hatte gedacht, daß sie dann eventuell mit ihm mitfahren könnte, für ihn verfügbar wäre. Nun, so war es gekommen. Genau so. Sie war mit ihm gefahren, er hatte über sie verfügt. Und jetzt würde sie ihn bitten müssen, sie irgendwo in der Nähe ihrer Wohnung oder an einem Taxistand abzusetzen. Wie erniedrigend! Nein, das würde sie zu verhindern wissen. Wenn sie sich nur im Griff behielt, nichts Dummes sagte.
»Was denkt deine Frau, wo du jetzt bist?« hörte sie sich da fragen.
Er sah sie an, als hätte sie ihm ins Gesicht geschlagen, doch gleich darauf hatte er sich wieder gefangen.

»Sie hat nicht gefragt. Ich habe nichts gesagt.«
»Und deine Kinder?«
Warum fragte sie diese Dinge und zerstörte damit, was schön gewesen war?
»Sie sind schwimmen und haben keine Ahnung, wo ich bin. Ich arbeite oft bis spät abends, sie rechnen nicht damit, daß ich zu Hause bin.«
Er hatte ihr ehrlich geantwortet. Doch seinerseits fragte er nichts.
Beide stiegen aus dem Bett, in dem sie so glücklich und einander so nahe gewesen waren. Ihr fiel auf, daß er sehr lange unter der Dusche stand. Als hätte er Sport getrieben. Als sie dann in die Dusche ging, reichte er ihr ein frisches Handtuch, und sie hielt es sich lange vors Gesicht, um damit die Tränen abzuwischen, mit denen sie jeden Augenblick rechnete.
Im Wagen war er immer noch jungenhaft und vergnügt. Dabei war er doch so klug, er mußte wissen, daß es vorbei war. Dann fragte er sie, wo sie wohnte, und Janet schlug vor, sie in Balmain abzusetzen.
»Nein, nein, die Heimfahrt ist inbegriffen«, lachte er, doch als er ihr Gesicht sah, merkte er, wie geschmacklos das gewesen war. Er tätschelte ihr das Knie.
»Ich wollte nicht grob sein«, meinte Nick. »Es war wunderschön.«
»Ja, das war es.« Obwohl sie sich Mühe gab, klangen ihre Worte leer.
Er brachte sie bis vor die Haustür. Hinten im Garten döste Maggie vielleicht in der Sonne und träumte von ihrem verheirateten Freund, der an den Festtagen bei

seiner Familie bleiben mußte. Kate saß bestimmt in ihrem Zimmer und schrieb an ihrer Arbeit. Und Sheila war möglicherweise beim Tennisspielen und kämpfte gegen die Schuldgefühle an, die sie quälten, weil sie an Weihnachten nicht nach Irland heimgefahren war. Keine von ihnen würde je erfahren, daß Janets Herz gerade entzweigebrochen war.

Nick sah sie an.

»Sehen wir uns wieder?« fragte er erwartungsvoll. Er unterhielt sich gern mit ihr, lachte gern mit ihr, hielt sie gern im Arm und schlief gern mit ihr. Für ihn gab es keinen Grund, nicht so weiterzumachen – heiter und unbeschwert, wie es begonnen hatte.

Janet bemühte sich, gerecht zu sein, und auch sie konnte keinen Grund sehen, der dagegen sprach. Nur daß sie eben wußte, daß es vorbei war.

»Nein, aber danke. Danke für alles«, sagte sie.

Traurig sah er sie an.

»Ist es wegen des Fisches? Wegen des kleinen Weihnachts-Baramundi?« fragte er bang.

»Wie kommst du denn darauf?«

Seine Miene wirkte gequält.

»Ich dachte, er würde dir gefallen. Weil es ein albernes und sentimentales Geschenk ist, ohne finanziellen Wert. Natürlich hätte ich dir auch eine Brosche oder etwas Ähnliches für fünfhundert Dollar kaufen können, aber irgendwie fand ich das abgeschmackt.«

»Der Fisch ist wundervoll«, meinte Janet.

»Und wir haben uns durch einen Baramundi kennengelernt«, nickte er.

»So ähnlich«, entgegnete Janet.
Während des darauffolgenden Schweigens betrachtete Nick das Haus.
»Ein schönes Zuhause«, sagte er, als wollte er ihr damit ein angenehmes Leben vermachen.
»Oh, ja.« Ihr fiel ein, daß er ja nichts von ihr wußte. Er hatte nie gefragt, ob sie mit einem Lebensgefährten, mit einem Ehemann, mit Kindern zusammenlebte. Er nahm einfach an, daß sie sich nie wirklich band und mehrere Leben führen konnte, so wie er.
»Ist dahinter noch ein Garten?« erkundigte er sich. Jetzt unterhielten sie sich wie zwei Fremde auf einer Cocktailparty.
»Ja, ein kleiner Garten. Weißt du, Nick, ich war hier an Heiligabend glücklicher denn je. So glücklich, wie ich es nie wieder sein werde.« Dabei klang ihre Stimme angestrengt, und Nick musterte sie unbehaglich. Aber irgendwie war es eine große Erleichterung, etwas definitiv festzustellen. Man sagte ja, daß Frauen ihren Müttern mit zunehmendem Alter immer ähnlicher würden.
Und Janet überlief ein Schauder. Sie spürte, daß sie wirklich immer mehr ihrer Mutter glich. Bald würde sich ein schmallippiges Lächeln in ihr Gesicht graben. Schade nur, daß sie mit niemandem darüber reden konnte. Der Mann, der sich gerade an der Haustür von ihr verabschiedete, hätte es vielleicht verstanden, wenn die Umstände andere gewesen wären.

DIESES JAHR WIRD ALLES ANDERS

Ethel fragte sich, ob es etwas mit ihrem Namen zu tun hatte. Abgesehen von Ethel Merman gab es anscheinend kaum eine herausragende Persönlichkeit namens Ethel; tatsächlich kannte sie keine einzige, die ihr Leben selbst in die Hand genommen hatte. In der Schule hatte es noch zwei Ethels gegeben. Eine lebte jetzt als Nonne in der Dritten Welt, was natürlich eine Möglichkeit war, wenn auch nicht gerade eine verlockende. Die andere Ethel war das, was man eine graue Maus nannte, schon seit ihren Jugendjahren, und mehr noch, als sie die Vierzig überschritten hatte. Sie arbeitete als eine Art Wärterin in einer psychiatrischen Einrichtung. Zwar bezeichnete sie sich selbst als Allroundsekretärin, in Wirklichkeit war sie aber diejenige, die die ganze Dreckarbeit machen mußte.

Die beiden kamen als Vorbilder also nicht in Frage, überlegte Ethel. Und selbst wenn sie nicht mit diesem öden Vornamen geschlagen wäre – eine Frau konnte sich nicht von einem Tag auf den anderen vollkommen ändern. Daß eine glücklich verheiratete Mutter von drei Kindern plötzlich den Familienrat einberief und verkündete, dieses Jahr habe sie es satt, sie wolle nicht mehr müde von der Arbeit heimkommen und dann das ganze Haus putzen, den Weihnachtsschmuck kaufen und in den Zimmern aufhängen, die Weihnachtskarten besorgen, schreiben und zur Post bringen, um den Kontakt zu den wenigen Freunden der Familie aufrechtzuerhalten – so etwas sah man nur im Film.

Im richtigen Leben gab es das nicht, daß eine Ethel sagte, sie habe die Nase gestrichen voll von diesen weihnachtlichen Countdowns, wo sie auf die Sekunde genau mit der Weinbrandsoße, der Kastanien- und der Schinkenfüllung fertig sein mußte. Und wenn sie dann die schwerbeladene Platte mit dem Truthahn und den Beilagen aus der Küche anschleppte, bekam sie auch noch zu hören: »Was, kein Brät?«

Sie, die einst eine leidenschaftliche Köchin gewesen war, der das Herz höher schlug, wenn ihre hungrige Familie erwartungsvoll zu ihr aufblickte, schauderte nun bei dem Gedanken an das, was alle Welt anscheinend als einzigen Sinn des Weihnachtsfests betrachtete.

Aber die große Szene würde ausbleiben. Warum sollte sie allen Weihnachten verderben, indem sie ihnen eine Moralpredigt über ihr egoistisches Verhalten hielt? Ethel hatte einen ausgeprägten Gerechtigkeitssinn. Wenn ihr Mann in der Küche keinen Finger rührte, dann lag das zum Teil sicherlich auch an ihr. Sie hätte ihm gleich von Anfang an klarmachen müssen, daß er bei der Zubereitung der Mahlzeiten seinen Teil beizutragen hatte. Mit einem Lächeln auf den

Lippen hätte sie dastehen und warten sollen, bis er ihr zu Hilfe eilte. Doch vor fünfundzwanzig Jahren war das eben nicht üblich gewesen. Die jungen Frauen hatten ihre jungen Männer zum Kaminfeuer und zu ihrer Zeitung zurückgescheucht. Damals waren sie alle kleine Heldinnen der Arbeit gewesen. Und jetzt, im mittleren Alter, war es nicht fair, mit alten Gewohnheiten zu brechen und die Weichen neu zu stellen.

Ebenso ungerecht wäre es gewesen, ihren beiden Söhnen und ihrer Tochter Vorhaltungen zu machen. Stets hatten sie den Kindern gesagt, daß Lernen für sie die oberste Priorität haben müßte. So hatte ihre Mutter jedesmal nach dem Essen den Tisch abgeräumt, damit sie Zeit und Platz für ihre Hausaufgaben, ihre Seminararbeiten oder Computerübungen hatten. Als sich andere Frauen eine Geschirrspülmaschine zulegten, hatte Ethel vorgeschlagen, ein Textverarbeitungsprogramm zu kaufen. Warum sollte sie sich also jetzt beschweren?

Außerdem beneidete sie jeder um ihre beiden kräftigen und gutaussehenden Söhne, die aus freien Stücken noch bei ihr zu Hause wohnten. In anderen Familien waren die Dreiundzwanzig- und Zweiundzwanzigjährigen ganz versessen darauf, das Elternhaus zu verlassen. Andere Frauen mit neunzehnjährigen Töchtern erzählten, die Mädchen lägen ihnen ständig damit in den Ohren, daß sie in ein Untermietszimmer, eine Wohngemeinschaft oder ein besetztes Haus ziehen wollten. Ethel könne sich glücklich schätzen, sagten alle, und das fand sie auch. Sie hatte nie in Zweifel

gezogen, daß es das Schicksal mit ihr besonders gut gemeint hatte.
Bis zu diesem Jahr. Seit kurzem fühlte sie sich ausgenutzt. Wenn ihr noch einmal aus einer Zeitschrift eine siebenundvierzigjährige Frau entgegenlächelte, die die Figur einer Achtzehnjährigen, straffe Haut, sechsundfünzig strahlend weiße, regelmäßige Zähne und seidig schimmerndes Haar hatte, dann würde Ethel ihr mit einem Tranchiermesser zu Leibe rücken!
Dieses Jahr freute sie sich zum erstenmal nicht auf Weihnachten. Dieses Jahr hatte sie das Für und Wider gegeneinander abgewogen: Kopfzerbrechen, Arbeit, Sorgen und tief empfundener Überdruß auf der einen Seite; die Freude der Familie auf der anderen. Die Waagschalen befanden sich nicht annähernd im Gleichgewicht. Bekümmert stellte Ethel fest, daß sich der Aufwand nicht lohnte.
Sie unternahm keine dramatischen Schritte; sie unternahm einfach gar nichts. Weder kaufte sie einen Christbaum, noch hängte sie die bunten Lichter auf. Immerhin verschickte sie sechs Weihnachtskarten an Leute, bei denen es unumgänglich war. Anders als in früheren Jahren gab es diesmal keine aufgeregten Diskussionen darüber, wie schwer der Truthahn sein und wie lang der Schinken kochen müsse. Es gab auch keine Geschenklisten und keine spätabendlichen Einkaufsfahrten. Wenn sie nach der Arbeit heimkam, kochte sie das Abendessen, räumte ab, erledigte den Abwasch und setzte sich dann vor den Fernseher.
Schließlich fiel es ihnen auf.

»Wann besorgst du denn den Baum, Ethel?« fragte ihr Mann gutmütig.
»Den Baum?« Sie sah ihn so verständnislos an, als handelte es sich um irgendeinen merkwürdigen skandinavischen Brauch, der in Irland gänzlich unbekannt war.
Er runzelte die Stirn. »Sean wird dieses Jahr den Baum besorgen«, verkündete er und warf seinem ältesten Sohn einen bedeutungsvollen Blick zu.
»Ist die Füllung für die Pastetchen fertig?« wollte Brian von ihr wissen.
Zerstreut lächelte sie ihn an.
»Fertig?«
»Na ja, eingelegt, eingekocht. Die im Glas, du weißt schon, wie sonst eben auch«, meinte er verdutzt.
»Die gibt's bestimmt überall zu kaufen«, erwiderte Ethel.
Ihr Ehemann brachte Brian, den jüngeren Sohn, mit einem warnenden Kopfschütteln zum Schweigen.
Daraufhin wurde das Thema fallengelassen.
Am nächsten Tag erzählte Orla den anderen, daß kein Truthahn im Kühlschrank liege und auch niemand einen bestellt habe. Ethel stellte den Fernseher lauter, um nicht mit anhören zu müssen, wie ihre Familie in der Küche Kriegsrat hielt.
Danach kamen sie ganz förmlich auf sie zu, wie eine Gewerkschaftsdelegation auf dem Weg zur Schlichtungsrunde, dachte sie. Oder wie eine Gruppe Demonstranten, die einer Botschaft eine Protestnote übergibt.

»Dieses Jahr wird alles anders, Ethel.« In dieser peinlichen, unvertrauten Situation klangen die Worte aus dem Mund ihres Ehemanns schroff. »Wir sehen ein, daß wir nicht unseren entsprechenden Anteil geleistet haben. Nein, streite es nicht ab. Wir haben das alles durchgesprochen. Du wirst sehen, dieses Jahr wird alles anders ein.«

»Wir werden nach dem Weihnachtsessen abspülen«, erklärte Sean. »Und das ganze Geschenkpapier wegräumen«, fügte Brian hinzu. »Und ich werde den Kuchen glasieren, wenn du ihn soweit fertig hast. Ich meine, nach der Mandelglasur«, versprach Orla.

Ethels Blick wanderte von einem zum anderen, während sie freundlich lächelte wie immer.

»Das wäre sehr schön«, sagte sie. Es klang irgendwie teilnahmslos. Sie wußte, daß sie mehr von ihr erwarteten. Sie sollte voller Tatendrang aufspringen, sich die Schürze umbinden und ausrufen: Jetzt, da ich weiß, daß ihr alle euer Scherflein beitragen wollt, muß ich mich aber ranhalten, damit ich das Versäumte aufhole. Das fleißige Lieschen, immer emsig ... Doch sie hatte einfach nicht die Energie, sie wünschte, sie würden aufhören, davon zu reden.

Ihr Mann tätschelte ihr die Hand.

»Weißt du, Ethel, das sind nicht nur leere Worte. Wir haben sehr konkrete Vorstellungen und werden sie noch vor Weihnachten in die Tat umsetzen. Genaugenommen sogar schon morgen. Also komm noch ein Weilchen nicht in die Küche, bis wir mit unserer Besprechung fertig sind.«

Während sie alle in die Küche zurückmarschierten, lehnte sich Ethel in ihrem Sessel zurück. Sie hatte sie nicht bestrafen oder ihnen ihre Zuneigung vorenthalten wollen; ebensowenig hatte sie vorgehabt, sich in den Schmollwinkel zurückzuziehen, bis ihre Familie gelobte, ihr künftig ein bißchen mehr zur Hand zu gehen. Es hatte nichts mit strategischer Planung oder berechnendem Kalkül zu tun.

Nebenan wurden murmelnd Pläne geschmiedet, und sie hörte, wie die Stimmen aufgeregter wurden und man sich dann wieder gegenseitig zur Ruhe ermahnte. Sie gaben sich größte Mühe, ihre jahrelange Gedankenlosigkeit wettzumachen. Ja, darum ging es letztendlich: daß ihnen nie aufgefallen war, wie Ethel sich abplagte.

Es war ihnen einfach nie bewußt geworden, wie ungleich die Aufgaben verteilt waren, wenn fünf Erwachsene morgens das Haus verließen und zur Arbeit gingen und einer davon zusätzlich den Haushalt führen mußte.

Natürlich stand es ihr völlig frei, ihre Arbeit aufzugeben und sich ausschließlich der Familie und dem Haushalt zu widmen. Doch zum gegenwärtigen Zeitpunkt wäre das ziemlich töricht gewesen. Denn es war abzusehen, daß die Jungen bald das Nest verlassen würden und sie mit ihrem Mann allein hier zurückblieb.

Da die Kinder alle Sparverträge abgeschlossen hatten, steuerten sie kaum etwas zur Haushaltskasse bei. Und schließlich waren es ja ihre eigenen Kinder. Von denen

konnte man doch kein Fixum für Kost und Logis verlangen, oder?
Nein, nein, es lag einzig und allein an ihr, daß niemand gesehen hatte, wie hart sie arbeitete und wie erschöpft sie war. Zumindest bis heute. Glücklich lauschte sie dem Gemurmel in der Küche. Ja, jetzt wußten sie es, Gott sei Dank. Vielleicht war es gar nicht so schlecht gewesen, sich ein bißchen lustlos zu geben, obwohl sie es nicht bewußt getan hatte; sie hatte ihnen wirklich nichts vorgespielt.
Am nächsten Morgen erkundigten sie sich, wann Ethel von der Arbeit heimkommen würde.
»Na ja, wie sonst auch, gegen halb sieben«, antwortete sie.
»Könntest du vielleicht erst um halb acht kommen?« schlugen sie vor.
Das kam ihr sehr gelegen, denn so konnte sie mit ihrer Freundin Maire aus der Arbeit noch ein Gläschen trinken gehen. Maire, die meinte, Ethel würde von ihrer Familie wie ein Fußabtreter behandelt. Mit welchem Genuß würde sie Maire mitteilen, daß sie länger ausbleiben müsse, weil ihre Familie gerade die ganzen Weihnachtsvorbereitungen für sie erledigte!
»Du kannst ja derweil zum Supermarkt gehen«, meinte Orla.
»Muß ich denn einkaufen?« fragte Ethel verwirrt. Dabei hatte sie doch angenommen, die anderen würden sich darum kümmern.
Sie bemerkte, daß die Jungs Orla einen bösen Blick zuwarfen.

»Oh, ich wollte sagen, mach, wozu du Lust hast«, verbesserte sich das Mädchen.

»Vergeßt aber nicht die Alufolie, ja?« sagte sie besorgt. Wenn sie die ganzen Sachen backen wollten, wäre es ärgerlich, wenn ihnen etwas ausging.

»Alufolie?« Verständnislos starrten sie sie an.

»Na, vielleicht komme ich doch lieber früher und helfe euch ein bißchen ...«

Doch damit stieß sie auf einhellige Ablehnung.

Nein, nein, sie solle länger ausbleiben. Bis Weihnachten hätten sie noch vier Tage Zeit, und dieses Weihnachten würde ganz anders werden als alle anderen, sie werde schon sehen. Aber sie solle bitte keinesfalls vorzeitig nach Hause kommen.

Danach machten sich alle auf den Weg zur Arbeit beziehungsweise zur Schule.

Was das Abräumen des Frühstückstischs betraf, gab es offensichtlich keine neue Regelung, stellte Ethel fest. Aber sie wollte nicht kleinlich sein und sich wegen der fünf Tassen, Teller und Müslischalen beschweren, die sie wegräumen, abspülen und abtrocknen mußte. Die anderen sollten die Küche in einem ordentlichen Zustand vorfinden, wenn sie hier später zugange waren. Zu ihrer Verwunderung hatte niemand die Kochbücher herausgeholt. Also legte sie sie an einer deutlich sichtbaren Stelle hin, und dazu auch den von einer Wäscheklammer zusammengehaltenen Packen Rezepte, die sie aus Zeitungen ausgeschnitten hatte. Aber jetzt durfte sie nicht länger hier herumschwirren, sonst kam sie noch zu spät zur Arbeit.

Maire freute sich über die Einladung zu einem Drink. »Was ist denn los? Sind sie ohne dich auf die Bahamas geflogen oder wie?« fragte sie.
Ethel lachte – abfällige Bemerkungen über den Stand der Ehe waren typisch für Maire.
Doch sie behielt es für sich, daß ihre Familie ihr diesmal sämtliche Arbeiten abnehmen würde. Im Büro herrschte reges Treiben, alle Räume würden im nächsten Jahr mit neuen Büromöbeln ausgestattet werden, und das alte Mobiliar wurde zu Schleuderpreisen verramscht. Ethel überlegte, ob Sean vielleicht der Computertisch oder Brian das kleine Schreibpult gefallen würde. Dieses Jahr sollte nichts zu gut für sie sein. Andererseits ... erweckten gebrauchte Sachen womöglich den Eindruck von Geiz, von Gleichgültigkeit? Nach dem ungewohnten Genuß von zwei heißen Whiskeys marschierte Ethel beschwingt nach Hause.
»Ich bin zurück«, rief sie, als sie die Haustür öffnete. »Darf ich in die Küche kommen?«
Schüchtern und erwartungsvoll standen sie alle da. Bei ihrem Anblick ging Ethel das Herz über. Während sie Whiskey mit Zitrone und Nelke getrunken, die Beine ausgestreckt und mit Maire über die Neugestaltung des Büros geplaudert hatte, hatten sie sich abgeschuftet. Während die arme Maire in ihre einsame Wohnung hatte zurückkehren müssen, besaß die glückliche Ethel eine Familie, die ihr versprochen hatte, daß dieses Jahr alles anders sein würde. Sie spürte ein Kribbeln in den Augen und in der Nase und hoffte, daß sie nicht in Tränen ausbrechen mußte.

Sie konnte sich nicht erinnern, von ihrer Familie je mit einem Geschenk oder einer kleinen Überraschung verwöhnt worden zu sein. Deshalb freute sie sich nun um so mehr. Zum Geburtstag hatte sie von ihrem Mann immer nur ein paar zusammengefaltete Geldscheine bekommen, mit der Aufforderung, sich etwas Schönes davon zu kaufen. Von den Kindern erhielt sie Glückwunschkarten. Aber auch nicht an jedem Geburtstag. Und an Weihnachten legten sie alle zusammen und kauften ihr etwas, das man im Haushalt gebrauchen konnte. Letztes Jahr war es ein elektrischer Dosenöffner gewesen, und im Jahr davor eine Ummantelung für die Gasflasche.

Wie hätte sie ahnen können, daß sie sich so ändern würden?

Alle schauten sie gespannt an. Was immer sie vorbereitet hatten, sie wollten, daß es ihr gefiel.

Hoffentlich hatten sie das Zitronat und Orangeat gefunden, ging es ihr durch den Kopf, denn die lagen in einer Pappschachtel, die schlecht beschriftet war. Aber auch wenn sie nicht fündig geworden waren, würde Ethel kein Wort darüber verlieren.

Sie sah sich in der Küche um. Nichts wies darauf hin, daß hier gebacken, püriert, gerührt, gequirlt oder überhaupt nur irgend etwas zubereitet worden wäre.

Und trotzdem sahen sie alle aufgeregt und erwartungsvoll an.

Sie folgte ihren Blicken. Die einzige einigermaßen große Arbeitsplatte im Raum wurde vollständig von

einem riesigen, unhandlichen Fernsehapparat in Anspruch genommen.
Daraus ragte bedrohlich eine Zimmerantenne hervor, was bedeutete, daß die Regale dahinter nicht zugänglich waren.
Ihr Mann und die Kinder traten zurück, damit sie das Prachtstück in voller Größe bewundern konnte.
Mit der theatralischen Geste eines Zirkusdirektors schaltete Sean das Gerät ein. »Ta-taaaa!« rief er.
Es war ein Schwarzweißfernseher.
»Hat ein gestochen scharfes Bild«, bemerkte Sean.
»Das strengt die Augen nicht so an, was gerade für ältere Leute wichtig ist«, versicherte Orla eifrig.
»Und mehr als das Erste Programm brauchst du sowieso nicht, auch wenn du mehr empfangen könntest. Ich meine, dann hättest du nur die Qual der Wahl«, fügte Brian hinzu.
»Habe ich dir nicht gesagt, daß dieses Weihnachten anders als die anderen wird?« strahlte sie ihr Gatte an.
Von nun an könne sie genauso fernsehen wie der Rest der Familie; sie würde immer auf dem laufenden bleiben und nichts mehr versäumen, während sie in der Küche zu tun habe.
Ethel stand da, inmitten ihrer Lieben, die an ihrer Freude teilhaben wollten. Von sehr weit weg drangen Wortfetzen zu ihr durch. Sean kannte jemanden, der Fernseher reparierte, Dad hatte das Geld dafür beigesteuert, Brian hatte das Gerät mit einem geliehenen Lieferwagen abgeholt. Und Orla hatte die Kabel besorgt und ihn eigenhändig angeschlossen.

Ihre jahrelange Übung im Verbergen von Enttäuschungen kam Ethel in diesem Moment sehr zupaß. Die Gesichtsmuskeln taten ihren Dienst, ein entzücktes »Oooh« entrang sich ihrer Kehle, die Augen nahmen einen überraschten, freudigen Ausdruck an, und die Hände klatschten wie von selbst gegeneinander. Routiniert wie eine Tänzerin, der jeder Schritt in Fleisch und Blut übergegangen ist, tat sie das, was von ihr erwartet wurde. Roboterhaft streckte sie die Hand aus und strich über den scheußlichen, unförmigen Kasten, der den größten Teil ihrer Küche einnahm.

Als die anderen hinausgingen, sich zu dem alles verändernden Geschenk für Ethel beglückwünschten und auf das Abendessen warteten, machte sich Ethel in der Küche an die Arbeit.

Sie hatte sich den Mantel ausgezogen und die Schürze umgebunden. Und während sie sich ein ums andere Mal an dem riesigen Fernseher vorbeizwängte, überlegte sie, wie sie die Küche umräumen könnte, um alles unterzubringen.

Sie fühlte sich merkwürdig losgelöst von ihrer Umgebung, und in Gedanken hörte sie immer wieder, wie ihr Mann und die Kinder ihr versicherten, an diesem Weihnachten würde alles anders sein.

Ja, sie hatten recht, es war tatsächlich anders; aber ganz bestimmt nicht aufgrund dieses geschmacklosen Geschenks, mit dem sie lediglich bewiesen, daß sie Ethel für alle Zeiten in die Küche verbannen wollten, damit sie weiterhin für sie kochte und ihnen hinterherräumte.

Während sie die Würstchen anstach und die Kartoffeln schälte, begann sie die Dinge klar zu sehen. Zum allererstenmal hatte ihre Familie etwas für sie getan – wenn auch nicht das, was sie sich gewünscht hatte. Und warum? Weil sie geschmollt hatte. Obwohl es nicht ihre Absicht gewesen war, hatte sie genau das getan. Wie so viele andere Frauen, die jahrelang Schnuten zogen, nörgelten und um Anerkennung kämpften. Indem sie sich geweigert hatte, die üblichen Vorbereitungen für Weihnachten zu treffen, hatte sie die anderen zu einer Reaktion gezwungen.

Was konnte sie also noch tun?

Sie stellte den knisternden Fernseher an und blickte aufmerksam auf das grießelnde Bild. Immerhin war es ein Anfang. Sie mußte natürlich langsam und behutsam vorgehen. Wer ein Leben lang den Kuli gespielt hatte, durfte nicht plötzlich in eine andere Rolle schlüpfen. Wenn das brave Hausmütterchen allzusehr aufbegehrte, würde man es ihren Nerven zuschreiben, oder den Wechseljahren, und ihr raten, sich doch einmal mit einem netten Arzt zu unterhalten, der ihr Beruhigungsmittel verschreiben würde. Also keine plötzliche Arbeitsverweigerung. Nur nichts überstürzen.

Ethel betrachtete ihren Mann, Sean, Brian und Orla, wie sie gemütlich vor dem Farbfernseher saßen und sich freuten, daß sie das Richtige getan hatten und daß es bald Essen gab. Sie hatten keine Ahnung, daß sich von nun an tatsächlich einiges ändern würde.

EIN GLÄSCHEN ZUVIEL

Auch wenn man bis Ostern geblieben wäre, hätte Helens Mutter noch gejammert, daß man den Weihnachtsbesuch bei ihr viel zu früh abbrach. Deshalb beschlossen sie, dieses Jahr hart zu bleiben. Sie würden Sonntag abend kommen und am Donnerstag wieder fahren. Vier Nächte im Haus ihrer Mutter, und beinahe vier ganze Tage. Auch würden sie dieses Jahr, an ihrem zehnten gemeinsamen Weihnachten unter diesem Dach, sämtlichen Fallstricken früherer Jahre auszuweichen wissen. Sie würden sich einfach entsprechend vorbereiten.

Da war zum einen die Kälte. Mutters Haus war ein Eisschrank. Also würden sie ihr einen Gasofen schenken, den man mit Kartuschen betrieb. Dann konnte sie nicht über den Stromverbrauch klagen oder mit der Heizölrechnung wedeln, denn sie würden die Kartuschen mitbringen. Außerdem wollten sie warme Sachen einpacken, und je zwei Wärmflaschen, so daß sie weder vor Kälte zittern noch Zeit mit dem vergeblichen Versuch verschwenden mußten, Mutter zur Installation einer Zentralheizung zu überreden.

Dann die Sache mit dem Alkohol. Sie würden sich

einfach mit eigenen Vorräten eindecken und sie oben im Schlafzimmer geschickt zwischen ihrem Gepäck verbergen. Denn sie würden viel mehr Drinks brauchen, als Mutters Anrichte zu bieten hatte, und sie würden sie heimlich zu sich nehmen müssen. Mutter war nämlich unübertroffen darin, geplatzte Äderchen, Händezittern und Anzeichen einer Leberzirrhose zu entdecken, wo nichts dergleichen vorhanden war.

Den Ratschlägen ihrer Mutter wollten sie mit höflicher Miene lauschen, ohne in die Falle zu tappen. Dieses Jahr würden sie sich nicht in eine Auseinandersetzung verwickeln lassen, bei der sie den kürzeren ziehen mußten. Sobald sie, mit eiskalten Nasenspitzen, in ihrem Schlafiglu aufwachten, wollten sie sich gut zureden: »Mutter ist nicht alt nach Jahren. Aber sie hat schon immer altmodisch gedacht. Da sie sich nicht ändern wird, müssen wir uns eben ändern und aufhören, uns darüber zu ärgern, was sie sagt.« Das wollten sie sich gegenseitig immer wieder vorbeten. Dann würden sie schon einigermaßen über die Runden kommen.

Und tatsächlich ging es ziemlich glatt. Dieses zehnte Weihnachten verlief sehr viel angenehmer als alle vorangegangenen. Zum einen war es im Haus viel wärmer; und dann luden sie immer mal wieder Nachbarn auf einen Sherry und ein paar Weihnachtspastetchen ein. Dadurch blieb Helens Mutter weniger Zeit, traurig den Kopf zu schütteln und zu sagen, sie wisse nicht, wo das alles noch hinführen solle mit dieser Welt, die keine

Werte mehr kenne, aber bestimmt nicht zum Besseren …
Es war Donnerstag morgen. Heute würden sie abreisen. Sie hatten vor, Mutter zum Mittagessen einzuladen. Dabei wollten sie das Gepäck bereits im Kofferraum haben. Und nach dem Essen im Hotel würden sie sie nur noch zu Hause absetzen und dann davonbrausen, mit schlechtem Gewissen zwar, aber frei. Und sich dazu gratulieren, den Burgfrieden gewahrt zu haben.
Helen beugte sich über Nick und gab ihm einen Kuß. Doch als er sie an sich ziehen wollte, sprang sie flugs aus dem Bett. Noch etwas, das in Mutters Haus nicht möglich war. Es schien irgendwie unrecht zu sein; man hatte immer das Gefühl, daß sie jeden Augenblick zur Tür hereinplatzen könnte. Und außerdem hatten sie ja zu Hause noch jede Menge Gelegenheit dazu.
»Ich mach' uns lieber eine Tasse Tee«, sagte sie.
»Na schön«, grummelte Nick.
Ihre Mutter stand in der Küche. »Man sollte doch wirklich meinen, daß *er* aufsteht, um dir eine Tasse Tee zu bringen. Mißbilligend kniff sie die Lippen zusammen. Helen ermahnte sich zur Vorsicht. Sie durfte sich jetzt nicht in die Defensive drängen lassen, und es galt, jeden auch nur vagen Unterton von Aufsässigkeit zu vermeiden.
»Oh, wir wechseln uns ab«, sagte sie leichthin.
»Was hat er denn schon anderes zu tun? Ein Mann in seiner Lage sollte froh und dankbar sein, dir eine Tasse

Tee machen und sie dir ans Bett bringen zu dürfen – es müßte ihm eine Ehre sein.«

»Sag, warum gehst du nicht wieder ins Bett, und ich bringe dir eine Tasse Tee, wo ich sowieso schon dabei bin, welchen zu machen?«

»Nein, ich bin ja schon auf, da kann ich auch aufbleiben. Und es ist ja schon ganz normal für mich geworden, daß du gleich wieder fährst, kaum daß du angekommen bist. Ich hätte gedacht, daß du zumindest bis Neujahr bleibst. Miss O'Connor hat auch gesagt, daß sie sich wundert ...«

»Sie wundert sich über eine ganze Menge, das ist mir schon aufgefallen«, unterbrach Helen sie und klirrte laut mit dem Geschirr. Doch dann fiel es ihr rechtzeitig wieder ein. Nur noch fünf Stunden. Sei nett, und bewahre Ruhe. Sonst tut es dir am Ende doch bloß wieder leid.

»Hatte sie denn schöne Weihnachten, ich meine, Miss O'Connor?« fragte sie gepreßt.

»Keine Ahnung. Sie war bei ihrer Schwester. Sonst hat sie ja niemanden.«

Das Wasser schien eine Ewigkeit nicht kochen zu wollen.

»Liegt er zu Hause jetzt auch den ganzen Tag im Bett? Zieht er sich überhaupt an?«

Ruhig, Helen. Nur die Ruhe. Und lächeln. »Oh, normalerweise stehen wir zusammen auf. Am einen Tag mache ich das Frühstück, am nächsten Tag er. Dann gehen wir mit Hitchcock raus, und ich nehm' den Bus; Nick kauft eine Zeitung und geht wieder heim.« Sie klang heiter und fröhlich, als erzählte sie von der idealen Lebensform.

»Und rührt er denn auch mal einen Finger am Herd?«

»O ja. Du hast ja an Weihnachten gesehen, wie gern er bei allem behilflich ist.«

»Eigentlich hat er nur die Teller herein- oder herausgetragen. Sonst habe ich nichts gesehen.«

Der Kessel mußte irgendwie kaputt sein; kein Topf konnte drei Stunden brauchen, um Wasser zum Kochen zu bringen. Doch Helen lächelte unablässig weiter und nahm ein Tablett zur Hand.

»Oh, heutzutage nimmt man Tabletts. Es gab Zeiten, da waren zwei Becher mit Tee morgens noch gut genug.«

»Aber du hast so hübsche Sachen, es wäre schade, sie nicht zu benutzen.«

»Wahrscheinlich kann er es kaum erwarten, sie in die Finger zu kriegen. Wie er diese Vitrine beäugt hat. Würde eine schöne Stange Geld bringen, hat er gesagt.«

»Nick wollte dich doch nur beruhigen, Mutter, weil du behauptet hast, du hättest nichts von Wert. Keine Antiquitäten oder so. Er wollte dir zeigen, daß du durchaus ein paar hübsche Möbelstücke hast.«

»Als ob er mir irgend etwas zeigen könnte! Nach allem, was er getan hat! Ich würde ihm ganz schön was erzählen, wenn er das wagen sollte.«

»Schade, Mutter.« Jetzt klang ihre Stimme hart. Helen wußte, daß sie sich auf äußerst dünnem Eis bewegte. Bisher hatte es nur Anspielungen gegeben, den einen

oder anderen versteckten Wink. Doch jetzt war es ausgesprochen.
»Das meine ich ganz ernst. Helen. Dich und mich so bloßzustellen! Daß uns alle hier bemitleiden. Denk ja nicht, daß keiner Bescheid weiß. Alle wissen es. Nur weil ich es von jeher gewohnt bin, allein mein Bündel zu tragen, werde ich mit dieser Schande überhaupt fertig.«
»Ich finde nicht, daß Nick Schande über uns bringt, weil er keine Arbeit hat. Überall im Land werden Menschen arbeitslos. Und am schlimmsten ist es schließlich für Nick. Wir haben Glück, daß wir wenigstens mein Einkommen haben. Und nicht fünf Kinder dazu, wie manche seiner Kollegen.«
»Das ist noch so etwas. Zehn Jahre verheiratet und keine Kinder. Nur einen Hund mit albernem Namen. Hitchcock! Wie kann man seinen Hund nur so nennen?«
»Nun, uns gefiel der Name. Wir lieben ihn. Und wir belästigen dich schließlich nicht mit ihm, oder? Er ist in einem Zwinger und wartet sehnsüchtig auf uns.«
Verkehrt. Ganz verkehrt. Das hätte sie nicht sagen dürfen. Damit hatte sie verraten, daß sie wegwollte. Doch zu spät. Gesagt war gesagt. Kaum zu fassen, daß der Kessel tatsächlich summte, daß er sich doch noch entschlossen hatte, das Wasser zum Kochen zu bringen!
»Ich weiß nicht, wie du das eigentlich aushältst, Helen. Wo du doch immer alles hattest. Ich verstehe wirklich

nicht, wie du dir das bieten lassen kannst, anstatt ihm mal ordentlich die Meinung zu sagen.«

»Wenn ich Nick eine anständige Stellung verschaffen könnte, würde ich das mit Freuden tun.« Sie lächelte einfältig, während sie versuchte, ihre Mutter vom Thema abzulenken. Doch diese fuhr unbeirrt fort.

»Ich meine damit nicht nur seine Arbeit. Ich meine damit diese andere Sache.« Nachdem es nun ausgesprochen war, mußte Helen reagieren.

»Ja?« murmelte sie höflich. Ohne etwas preiszugeben.

»Tu nicht so, Helen. Du weißt genau, was ich meine. Diese Frau. Nicks Freundin.«

»Ach so. Aber das ist doch längst vorbei.« Noch immer klang sie unbeschwert, sie ließ sich nicht anmerken, wie schwer ihr ums Herz war.

»Was meinst du damit, es ist vorbei? Es handelt sich schließlich nicht um Weihnachten, um etwas, das passiert und dann wieder vorbei ist. So einfach ist das nicht.«

»Oh, doch, Mutter, genau so ist es.«

»Aber wie kannst du ihm das einfach durchgehen lassen? Wie kannst du ihn noch ertragen, nachdem … nach alldem?«

»Nick und ich sind sehr glücklich, wir lieben einander. Das andere war nur ein Ausrutscher. Schade, daß es bekannt wurde, aber da kann man nichts machen.«

Endlich kochte das Wasser. Sie goß den Tee auf.

»Und du machst einfach weiter, als ob nichts geschehen wäre.«

»Was soll ich denn anderes tun, Mutter? Sag mir, was hätte ich deiner Meinung nach tun sollen? Was hättest du mir geraten, wenn ich dich gefragt hätte?«

»Ich hätte mir gewünscht, daß es niemals geschehen wäre.«

»Nun, ich auch, ich auch. Und ich glaube, Nick und Virginia geht es genauso. Aber es ist nun mal passiert.«

»Hieß sie so? Virginia?«

»Ja, das ist ihr Name.«

»Aha. Virginia.«

»Also los, Mutter. Jetzt will ich es wissen. Was hätte ich deiner Meinung nach tun sollen? Ihn verlassen? Ihm per Gerichtsbeschluß das Betreten des Hauses verbieten? Versuchen, die Ehe annullieren zu lassen? Was?«

»Schrei mich nicht an. Ich bin deine Mutter, die schließlich nur das Beste für dich will.«

»Wenn du das Beste für mich willst, dann hör auf, mich zu quälen.« In Helens Augen standen Tränen. Sie nahm das Tablett und ging damit hinauf. »Ich hab's verpatzt«, schluchzte sie. »Am letzten verdammten Tag habe ich es verpatzt.«

Nick nahm Helen in den Arm und tröstete sie, bis sie sich wieder beruhigt hatte.

»Laß uns einen Brandy in den Tee gießen«, schlug er vor. »Und komm wieder unter die Decke, ehe du noch zum Eisblock gefrierst.«

Es wäre schön gewesen, wenn niemand je von Virginia erfahren hätte, ging es Helen durch den Kopf. Sie selbst hatte vom ersten Augenblick an Bescheid gewußt, aber keinen Ton dazu gesagt. Denn sie hatte gedacht, daß es nicht von Dauer sein würde. Virginia war jung, hübsch und einfältig, sie arbeitete in Nicks Büro. Solche Dinge passierten alle Tage, und nur selten, wirklich sehr selten ging darüber eine Ehe in die Brüche. Zumindest, wenn die Ehefrau vernünftig war und einen kühlen Kopf bewahrte. Denn mit Vorwürfen begab man sich auf gefährliches Terrain. Und warum sollte man einen anständigen und ehrenhaften Mann wie Nick dazu zwingen, sich zwischen seiner patenten Ehefrau Helen und der hübschen kleinen Virginia zu entscheiden? Warum nicht einfach den Kopf in den Sand stecken und hoffen, daß Virginia bald einen anderen Mann gefunden hatte? Denn genau das würde passieren. Und schließlich schien es nur noch eine Frage der Zeit, bis die Affäre der Vergangenheit angehörte. Da ereignete sich der Unfall.

Es war zwei Weihnachten her, die Weihnachtsfeier in Nicks Büro stand an. Helen bat ihn, nicht mit dem Wagen zu fahren. Es würde massenhaft Taxis dort geben, warum also etwas riskieren? In freundschaftlichem Ton hatten sie beim Frühstück darüber debattiert und überlegt, wie viele Drinks einen betrunken machten. Beide waren sich einig, daß sie auch noch nach dem Vierfachen der erlaubten Menge ein Auto sicher steuern konnten, im Gegensatz zu anderen Leuten, weshalb die Promillegrenze so lächerlich niedrig und das Gesetz so streng war. Nick hatte versprochen, das Auto stehenzulassen und erst am nächsten Tag zu holen, falls der Abend in ein Gelage ausartete. Da

Helen wußte, daß seine Affäre mit Virginia dem Ende zuging, war sie glücklicher als seit Monaten.
Denn Nick blieb nicht mehr so lange aus, und es gab weniger verstohlene Anrufe. Sie gratulierte sich, das Schlimmste überstanden zu haben.
Um sieben Uhr wurde sie von einer sturzbetrunkenen und rührseligen Virginia angerufen, die sie bat, über Weihnachten besonders nett zu Nick zu sein. Denn Nick sei ein so großartiger Mensch, ein wirklich wunderbarer Mensch, und er würde viel Trost brauchen. Widerwillig stimmte ihr Helen zu und dachte dabei grimmig, daß es nur eins gab, was schlimmer war, als in nüchternem Zustand von einer Betrunkenen angerufen zu werden: nämlich die Ehefrau zu sein, die von der Geliebten einen Anruf bekam. Beides zusammen war wirklich unerträglich.
Kurz darauf rief Nick an. Er hoffe, daß nicht eines von den Mädchen angerufen und irgendwelchen Unsinn erzählt habe, meinte er. Sie habe kein Wort verstanden, erwiderte Helen, aber er solle doch bitte nicht mit dem Wagen fahren. Er müsse diese Verrückte schnellstens heimbringen, antwortete er, bevor sie sich noch mehr zum Narren machte. Ehe ihn Helen anflehen konnte, ein Taxi zu nehmen, hatte er schon aufgelegt.
An diese Fahrt würde er sich sein Lebtag erinnern, erzählte Nick ihr später. Mehr an die Fahrt als an den Unfall.
Auf den Straßen schien überall Gefahr zu lauern, es herrschte eine beklemmende Spannung, die Lichter

der entgegenkommenden Fahrzeuge waren feindliche Signale. Im strömenden Regen spähten Fahrer angestrengt durch Windschutzscheiben, das Hupen und Fluchen ringsum war eine ganz und gar unfestliche Geräuschkulisse.

Und neben ihm saß eine schluchzende Virginia, der übel war und die sich an seinen Arm klammerte. Sie habe nicht vorgehabt, Helen anzurufen, aber plötzlich habe sie dieses Gefühl überkommen, daß Helen erfahren müsse, was los sei. Ein paar Stunden vorher hatte sie Nick mitgeteilt, daß sie an Weihnachten fortfahren würde. Mit einem anderen. Und nun peinigten sie Reue und Zweifel; an jeder Kreuzung wollte sie erneut hören, daß sie das Richtige getan hatte. Doch Nick brauchte seine ganze Aufmerksamkeit für den Verkehr und gab keine Antwort; da packte sie ihn am Arm, der Wagen geriet aus der Spur und direkt vor einen großen Lastwagen.

Virginia verlor zwei Zähne und brach sich zwei Rippen und die Schulter. Nick verlor für drei Jahre den Führerschein, und die Firma büßte ihr Auto ein. Doch da Nick und die meisten seiner Kollegen wenige Monate später ihren Arbeitsplatz einbüßten, kam es darauf wohl auch nicht mehr an. Die Untersuchungen zogen sich endlos hin, die Versicherungsgesellschaften verlangten immer neue Erklärungen. Und irgendwann äußerte Virginia in einem Zeitungsinterview, daß sich ihre Heiratschancen durch die Verletzungen im Gesicht wie durch ihr öffentlich gewordenes Verhältnis mit einem verheirateten Mann aus ihrem Büro erheblich verschlechtert hätten. Dieser Mann habe ihr ganzes Leben zerstört.

Irgendwo auf der Welt gibt es immer jemanden, der solche Dinge in der Zeitung liest und seine Mitmenschen darauf aufmerksam macht. Und so kam es, daß irgend jemand diesen Artikel an Mutters Freundin Miss O'Connor schickte: mit Nennung des Firmennamens, der näheren Umstände des Unfalls und alles anderen, was für Helens Mutter von Interesse sein konnte.

Zwei Jahre lang hatte sie es nicht ausgesprochen und nur vage Andeutungen gemacht. Bis heute morgen. Und Helen war nicht darauf vorbereitet gewesen. »Es tut mir leid«, schniefte sie über ihrem mit Brandy aromatisierten Tee. »Du hast dich so großartig gehalten, und jetzt habe ich alles verpatzt. Sie wird beim Mittagessen die ganze Zeit die Beleidigte spielen.«

Nick wärmte die eiskalten Hände an der warmen Teetasse und starrte vor sich hin. Unten hörten sie Helens Mutter die Schränke zuknallen. Die Botschaft war so unmißverständlich wie ein Trommelwirbel im Urwald: Sie war aufgebracht und verärgert, die beiden würden es nicht leicht mit ihr haben.

»Wenn wir doch nur nicht immer hierherkommen müßten. Nur einmal Weihnachten zu Hause, wir allein mit Hitchcock«, seufzte Helen wehmütig.

Nicks Augen wirken verschleiert, dachte sie. Vielleicht lag es aber auch an dem frühmorgendlichen Brandy, daß sie sich ein bißchen benommen fühlte?

»Wieviel Promille der Tee wohl hat?« überlegte sie

laut. Mehr, um ihn aufzumuntern. Er drehte sich zu ihr. Sie hatte recht gehabt, in seinen Augen standen Tränen.

»Weißt du noch, wie du damals, vor vielen Jahren, diesen Teller zerbrochen hast?« fragte er.

Überrascht nickte sie. »Ja. Mutter hat ein Heidentheater deswegen gemacht.«

»Wir haben ihn geklebt, erinnerst du dich? Du hast mit einer Pinzette die Scherben gehalten, und ich habe den Klebstoff auf die Bruchkanten aufgetragen.«

»Ja. Und am Ende konnte man die Sprünge kaum noch sehen.« Sie fragte sich, warum er jetzt daran dachte. Schließlich war es viele Jahre her und nur eines der vielen Male gewesen, da ihre Mutter sich wie eine Wilde aufgeführt und Nick die Wogen geglättet hatte.

»Doch kaum waren wir fertig, wollte sie den Teller schon wieder benutzen, und wir mußten es ihr verbieten und ihn ganz oben auf den Schrank stellen, außerhalb ihrer Reichweite, damit der Klebstoff härten konnte. Der Teller sah zwar wieder ganz aus, aber er war es nicht, nicht wirklich. Man konnte ihn nicht benutzen. Nur ein falscher Griff, und er wäre wieder auseinandergebrochen.«

»Ja. Wir haben ihn in einem dieser Tellerständer weggestellt.« In ihren Worten klang eine Frage mit. Worauf wollte er eigentlich hinaus?

»Wenn jemand ins Zimmer gekommen wäre und den Teller angesehen hätte, dann hätte er ihn für einen einwandfreien Teller gehalten. Aber das war er nicht. Erst als der Klebstoff hart war. Am Ende war der Teller natürlich wieder ganz, aber eine Weile sah er nur so aus, als ob er benutzbar wäre.«

»Nun, und?«

»Mit uns hier ist es ganz ähnlich, finde ich. Vor deiner Mutter tun wir, als ob wir ganze Teller seien. Wir versuchen, sie weder die Sprünge noch den Klebstoff sehen zu lassen. Tapfer spielen wir ihr etwas vor. Und dabei fragen wir uns, stimmt das nun eigentlich, oder stimmt es nicht?« Selten hatte er so ernst geklungen.

»Na ja, aber das war doch bisher nicht das Schlechteste. Natürlich hätten wir stundenlang reden und unsere Beziehung analysieren können – was geschehen ist und warum, und wo wir Fehler gemacht haben. Aber ich weiß nicht recht. Hätte das irgend etwas geändert?«

»Es wäre ehrlicher gewesen. Du hast mich vielleicht rauswerfen wollen und den Gedanken nur deshalb verworfen, weil wir deiner Mutter die ganze Zeit vorspielen, daß wir zwei Turteltäubchen sind und die perfekteste Ehe des Jahrhunderts führen.«

»Aber die meiste Zeit war es doch eine ziemlich gute Ehe, oder?« meinte Helen.

»Sagst *du* das, oder sagt das die Tochter zu ihrer Mutter?«

»*Ich* sage das. Bist du denn anderer Meinung?«

»Nein. Aber ich bin der Schurke, der dich betrogen hat, der Ehemann ohne Arbeit, der betrunkene Fahrer. Mir steht es nicht zu, ein Urteil zu fällen.«

»Oh, Nick, das ist doch albern. Was vorbei ist, ist vorbei. Das habe ich dir doch schon vor Ewigkeiten gesagt.«

»Nein, du hast dich nur an diese Schauspielerei gewöhnt, du bist zu nachsichtig ...«
»Jetzt hör mir mal zu!« Helens Gesicht rötete sich vor Zorn. »Wenn Mutter über dich herzieht, bringt mich das dermaßen in Rage, daß ich mich selbst kaum noch kenne. Bei jedem Wort gegen dich werde ich zu einer Löwin, die ihr Junges verteidigt. Vielleicht hat sie auf diese Weise ja sogar etwas für unsere Ehe getan, weil jeder Versuch, uns auseinanderzubringen, uns nur noch fester zusammengeschweißt hat.«
»Ist es nicht nur frischer Klebstoff wie bei dem Teller? Meinst du, daß er wirklich schon gehärtet ist, oder tun wir nur so?«
»Ich weiß beim besten Willen nicht, wie man das feststellen kann. Sollen wir hinuntergehen, den Teller zu Boden werfen und dann, wenn er bricht, sagen: ›Oh, oh, er war doch nicht ordentlich geklebt‹?«
Nick strahlte. »In gewisser Weise müssen wir deiner griesgrämigen Mutter wirklich dankbar sein. Denn sie hat verhindert, daß wir übereilte Entscheidungen getroffen haben – noch ehe der Klebstoff hart war. Er ist doch gehärtet, nicht wahr, Helen?«
Unten herrschte inzwischen ein Höllenlärm. Man sollte ihre Empörung auf keinen Fall überhören können. Nick und Helen standen auf und zogen das Bett ab, in dem sie in der kommenden Nacht nicht mehr schlafen mußten. Aus reinem Übermut rückten sie Möbel hin und her. Und ihnen wurde klar, daß nichts für sie gewonnen war, wenn sie ihre Sprünge unter die Lupe nahmen und an ihrer Beziehung herumzerrten, um

zu prüfen, ob sie hielt oder auseinanderbrach. Andere Menschen mochten vielleicht endlos darüber reden wollen, aber sie beide wußten, daß sie dieser schwierigen Frau im Erdgeschoß ihr wahres Gesicht gezeigt hatten – und daß sie nur noch vier Stunden ein gespieltes Lächeln darauf zaubern mußten. Ein Lächeln, wie es Millionen von Menschen an Weihnachten aufsetzten.

EIN ERSTER SCHRITT

Jenny und David gaben wunderbare Weihnachtspartys, und zwar immer am Sonntag vor dem Fest. Dazu luden sie die ganze Familie ein, die Angehörigen von Jenny wie auch von David, und führten ihnen ihren Timmy gerade lang genug vor, daß alle ihn herzig fanden und er keinem auf die Nerven ging. Für eine ungezwungene Atmosphäre sorgte auch das üppige kalte Büfett; so war man nicht auf Gedeih und Verderb seinen Tischnachbarn ausgeliefert. Das Haus war festlich geschmückt, hauptsächlich mit Stechpalmenzweigen und Efeuranken, die überall wild wuchsen und die sie selbst bei Spaziergängen gesammelt hatten. Und ihr Christbaum wirkte ganz und gar nicht überladen: raffinierte Schleifchen, Engel und Papierblumen, keine protzig aussehenden Päckchen. Aber jedermann wußte, daß irgendwo, diskret verborgen, die hübsch verpackten Geschenke sein mußten, die ein so reizendes und umsichtiges Paar wie David und Jenny bestimmt massenhaft bekam.

Alle Weihnachten wieder – genaugenommen waren es bisher fünf – stand Jenny in ihrer blitzsauberen Küche und freute sich über das beifällige Gemurmel der

Gäste. Bei Davids erster Frau hatte es solche Feiern nicht gegeben. Nein, zu Dianas Zeiten war nie jemand in dieses Haus eingeladen worden. Diana war viel zu hochnäsig gewesen, um sich mit der Familie abzugeben.

Das war Jennys große Stunde, ihr Lohn für die wochenlangen, nein, monatelangen Vorbereitungen, Planungen, Einkäufe und die scheinbare Leichtigkeit, mit der sie all dies bewältigte. Zwar hatte David ein bißchen gemurrt, als sie vorgeschlagen hatte, eine zweite Gefriertruhe anzuschaffen, aber er war ja auch nie da, wenn sie bergeweise Pastetchen und Unmengen von Vorspeisen und Desserts zubereitete.

David wußte nicht, wie hart Jenny abends in der Küche schuftete, während er noch in Besprechungen saß oder auf Geschäftsreisen war. Und er würde es auch nie erfahren.

Sie wollte sich von der schönen, selbstsüchtigen Diana abheben so gut es ging. Und ihr gemeinsamer Sohn Timmy würde ein Engel werden, nicht so ein kleiner Teufel wie Dianas Kind. Nein, mit dieser unmöglichen, gefährlichen Alison würde Timmy nichts gemein haben.

Alison war neun gewesen, als Jenny sie kennenlernte: ein sehr hübsches Mädchen, mit wildem Lockenkopf, wobei ihr Gesicht unter der Mähne kaum zu sehen war. Höflichkeit war allerdings nicht gerade ihre Stärke gewesen.

»Was hat das gekostet?« erkundigte sie sich ungeniert und zeigte auf Jennys neues Kleid.

»Warum willst du das wissen?« Jenny konnte das Kind vom ersten Augenblick an nicht ausstehen.

»Ich soll es eben herausfinden«, erwiderte Alison achselzuckend, als wäre es ihr im Grunde einerlei. »Für wen? Für deine Mutter?« rutschte es Jenny heraus, und noch im selben Moment hätte sie sich am liebsten die Zunge abgebissen.

»Du lieber Himmel, nein, Mutter interessiert das nicht die Bohne.« An der Art und Weise, wie sie sprach, erkannte Jenny, daß es die Wahrheit sein mußte. Die hübsche, faule Diana scherte sich wirklich keinen Deut darum.

»Für wen dann?«

»Für meine Schulkameradinnen. Eine von meinen Freundinnen hat gesagt, daß du es bestimmt auf Vaters Geld abgesehen hast.«

Später wurde es auch nicht besser.

Als Alison zehn war, verbrachte sie ein Wochenende bei ihnen und nutzte die Gelegenheit, um Jennys sämtliche Kleider anzuprobieren und ihr gesamtes Make-up zu benutzen. Das wäre nicht weiter schlimm gewesen, hätte sie nicht jeden Lippenstift außer Fasson gebracht und an jedem Kleid Schminkspuren hinterlassen.

»Sie wollte sich nur hübsch machen, darauf sind doch alle kleinen Mädchen ganz wild«, meinte David mit flehendem Blick.

Jenny beschloß, den ersten Ehekrach nicht wegen des Stiefkindes vom Zaun zu brechen; sie hätte nur verlieren können. Also zwang sie sich zu einem Lächeln und fand sich damit ab, demnächst längere Zeit in der chemischen Reinigung zu verbringen. Als Timmy geboren wurde, war Alison elf. »Hast du vergessen, die Pille zu nehmen?« fragte sie Jenny, als ihr Vater sich gerade nicht im Zimmer aufhielt.

»Wir haben ihn gewollt, Alison, so wie deine Eltern dich gewollt haben.«

»Ach, wirklich?« hatte Alison zurückgegeben, und Jenny wurde das Herz schwer. Tatsächlich war das Kind vor allem ihr Wunsch gewesen, weniger Davids. Wie hatte es dieses Scheusal von Stieftochter nur geschafft, ihren wunden Punkt zu finden?

Mit zwölf Jahren flog Alison von der Schule. Die Direktorin meinte, das hänge vor allem damit zusammen, daß Alison sich von ihrem Vater zurückgewiesen fühle. Man müsse dafür sorgen, daß sie mehr am Leben ihres Vaters teilhaben könne. Allerdings verbrachte David den ganzen Tag in der Arbeit, Jenny ebenfalls, und die wenigen gemeinsamen Stunden mit Timmy waren ihnen lieb und teuer – die Stunden, wenn das schweigsame Au-pair-Mädchen aus der Schweiz sich in ihr Zimmer zurückzog und die Familie für sich sein konnte. Und nun stattete Alison ihnen einsame Besuche ab, schmollte vor sich hin, gähnte, beteiligte sich an nichts und mäkelte an allem herum.

Bis sie dreizehn wurde. Dann wollte sie plötzlich nichts mehr mit ihnen zu tun haben, was eigentlich ein Segen gewesen wäre, wenn sich nun nicht David zurückgewiesen gefühlt hätte. Jenny, die in einem Verlag arbeitete, erzählte ihren Kolleginnen trübsinnig, jetzt wisse sie,

warum es so viele Bücher zum Thema Stiefkinder gebe; sie habe sie allesamt gelesen und könnte selbst noch ein Dutzend weitere beisteuern. Aber in keinem einzigen werde so ein Fall wie Alison abgehandelt.
Alison war vierzehn, als ihre Mutter starb. Plötzlich und unerwartet, bei einer Routineoperation. Daraufhin war David zu Alison ins Internat gefahren. »Ich fürchte, jetzt müßt ihr euch mit mir herumplagen«, hatte sie zu ihrem Vater gesagt. Es habe ihm fast das Herz gebrochen, erzählte David, daß seine einzige Tochter sich wie ein lästiges Bündel vorkam, das von einem zum anderen weitergereicht wurde. Jenny zwang sich, an Diana zu denken, die noch vor ihrem vierzigsten Lebensjahr gestorben war – wo man doch eigentlich noch das ganze Leben vor sich hatte. Den Gedanken an Alison hingegen verdrängte sie so gut es ging, denn er würde ihr doch nur alles vergällen. Sie wußte, daß es bei dieser Geschichte kein Happy-End geben konnte; sie würden nicht glücklich, Hand in Hand, auf den Sonnenuntergang zugehen und sich bei Geigenklängen ewige Freundschaft schwören. Trotzdem würde sie es tun – David zuliebe. Und merkwürdigerweise auch der verstorbenen Diana zuliebe, der sie zu Lebzeiten immer mit Angst und Mißtrauen begegnet war. Wenn Jenny in jungen Jahren sterben sollte, würde sie ebenfalls wollen, daß sich eine andere Frau um Timmy kümmerte und ihn aufzog.
Für die diesjährige Weihnachtsparty schuftete sie wie ein Berserker. Manchmal stand sie sogar schon zu nachtschlafener Zeit auf. Als David einmal zum Früh-

stücken herunterkam, fiel ihm auf, daß es in der Küche nach frischem Gebäck roch, obwohl Jenny bereits alles weggeräumt hatte.
»Du bist ein komisches Frauchen«, sagte er zu ihr und tätschelte sie.
Jenny allerdings fand, daß sie weder komisch noch ein Frauchen war, und unterzog sich einer eingehenden Prüfung. Sie war groß, zwar nicht gertenschlank wie Diana, aber groß. Und sie nahm ihre Familie und ihre Arbeit todernst. Wie kam er darauf, sie sei ein komisches Frauchen, nur weil sie die Weihnachtsparty langfristig vorbereitete? Dabei hatte er doch immer gesagt, wie schön er es fände, wenn es festlich und feierlich zuging, und daß sich Diana leider nie die Mühe habe machen wollen. Aber Jenny wollte sich auf keinen Streit einlassen, keinen Krach provozieren. Nicht zur Weihnachtszeit.
Alison traf einen Tag früher ein als geplant. Als Jenny von der Arbeit heimkam, sah sie, wie sich das Mädchen gerade über eine Platte mit äußerst aufwendigen Horsd'œuvres hermachte, von denen es bereits die Hälfte vertilgt hatte. Die Zubereitung jedes einzelnen hatte drei Minuten gedauert, gegessen war es in einer Sekunde, und Jenny hatte sechzig davon gemacht – mit unendlicher Geduld hatte sie die Kringel aus Blätterteig geformt und abkühlen lassen, ehe sie sie einfrieren wollte. Das hatte sie drei Stunden ihres Lebens gekostet. Mit blankem Haß in den Augen starrte sie Alison an.
Alison blickte hinter ihrem Vorhang von Haaren auf.

»Die sind nicht schlecht. Ich habe gar nicht gewußt, daß du gleichzeitig Karrierefrau und Küchenfee bist.«
Jenny wurde bleich vor Wut.
Das fiel sogar Alison auf.
»Die waren doch nicht etwas fürs Abendessen, oder?« fragte sie mit gespielter Reue.
Jenny atmete tief durch, wie es wohl jeder dieser Ratgeber für Stiefeltern empfahl. So tief, daß sie es bis in die Zehenspitzen spürte.
»Willkommen daheim, Alison«, meinte sie. »Nein, die waren nicht fürs Abendessen gedacht ... ganz und gar nicht. Ich hatte sie für die Party vorbereitet.«
»Welche Party?«
»Die Party am Sonntag. Da kommt die ganze Familie zusammen. Das ist bei uns Tradition.«
»Ich denke, wenn etwas zum dritten- oder viertenmal stattfindet, kann man wohl kaum von Tradition sprechen«, bemerkte Alison.
»Es ist jetzt unser sechstes gemeinsames Weihnachten, das kann man durchaus eine Tradition nennen, finde ich.« Jenny drückten die Schuhe, und am liebsten hätte sie einen davon ausgezogen und mit dem hohen, spitzen Absatz hemmungslos auf ihre Stieftochter eingeschlagen. Allerdings kam sie zu dem Schluß, daß dies sowohl dem Geist der Vorweihnachtszeit widersprechen würde als auch taktisch unklug wäre. Alle Hoffnungen auf ein harmonisches Weihnachtsfest konnte Jenny zwar begraben; aber sie mußte wenigstens versuchen, das Beste daraus zu machen. Wie hieß der Ausdruck dafür noch mal ... Schadensbegren-

zung? … Sie hatte nie genau gewußt, was das bedeutete. Ging es darum, zu retten, was noch zu retten war? In der Arbeit hatte sie oft die Erfahrung gemacht, daß es einen vor einem Wutausbruch bewahren konnte, wenn man an etwas völlig Nebensächliches dachte und sich ganz darauf konzentrierte.
Sie bemerkte, daß Alison sie mit Interesse musterte.
»Ja, ich denke, sechs Jahre sind eine Tradition«, stimmte Alison zu, als wolle sie nicht ungerecht sein.
Hinter den dunklen Wolken der Abneigung und des Grolls schien ein schmaler Lichtstreif von Sympathie für dieses Mädchen auf. Doch Jenny hatte inzwischen genug Erfahrung gesammelt, um dies nicht mit den jubilierenden Geigenklängen am Ende des Films zu verwechseln.
»Um auf die Party zurückzukommen«, sagte Jenny, »gibt es irgendwelche Verwandten deiner Mutter, die wir einladen könnten?«
Alison starrte sie ungläubig an. »Hierher einladen?«
»Na ja, das ist doch jetzt dein Zuhause, und es sind deine Verwandten. Wir wollen im Kreis der Familie Weihnachten feiern und würden uns deshalb sehr freuen, wenn sie auch kommen könnten.«
»Warum denn?«
»Weil man sich an Weihnachten eben gegenseitig einlädt als Zeichen des Wohlwollens und der Freundschaft.« Sie hoffte, es klang nicht allzu gepreßt, denn allmählich schlich sich ein gereizter Unterton in ihre Stimme.
Sie zwang sich, den Blick von dem Tablett mit den

Vorspeisen abzuwenden, die sie so hingebungsvoll zubereitet hatte. Besser gesagt, von den traurigen, verhunzten Überresten derselben. Sogar die noch übriggebliebenen Kringel sahen irgendwie angetatscht aus.

»Deshalb macht kein Mensch eine Weihnachtsfeier, damit will man doch nur angeben«, erwiderte Alison.

Jenny zog die Schuhe aus, dann setzte sie sich an den Tisch und nahm eines der vollendet geformten Gebäckstücke mit der leckeren Füllung. Sie schmeckten einfach köstlich.

»Glaubst du das wirklich?« fragte sie Alison.

»Ich glaube es nicht, ich weiß es.«

Jenny überschlug rasch im Kopf: Heute vierzehn, bis zum achtzehnten Lebensjahr würde sie bei ihnen wohnen. Mit ein bißchen Glück wurde sie von dieser Schule nicht verwiesen, also mußte man nur die Schulferien rechnen. Das hieß vier Jahre lang Oster-, Sommer- und Weihnachtsferien. Timmy würde im Schatten dieser launischen Göre aufwachsen. Wenn Alison auszog, würde er, mit sieben Jahren, ein kleiner Erwachsener sein. Und sie, Jenny, hatte nichts von all diesen schönen Jahren gehabt wegen dieses feindseligen Mädchens, das seine Beine unter ihrem Küchentisch ausstreckte. Was würde sie tun, fragte sie sich, wenn sie ein solches Problem in der Arbeit hätte? Doch diese Überlegung brachte sie nicht weiter. Denn wenn Alison eine störrische, aufsässige Untergebene gewesen wäre, hätte sie sie ruckzuck gefeuert oder versetzt, noch ehe sie hätte bis drei zählen können! Sie fragte sich, ob sie diesem unzufriedenen Mädchen sagen sollte, daß das Leben kein Zuckerschlecken sei; oftmals sei man eher auf Dornen als auf Rosen gebettet, und jeder sei seines Glückes eigener Schmied. Aber Jenny war vertraut genug im Umgang mit Teenagern, um zu wissen, daß sie derlei schmerzliche Empfindungen erst in späteren Jahren nachempfinden konnten. Jugendliche in Alisons Alter würden nur die Achseln zucken und sagen: Was soll's?

Gab es vielleicht irgendeine Möglichkeit, freundschaftliche Bande mit Alison zu knüpfen? Sollten sie Blutsbrüderschaft schließen, auf daß nichts und niemand sie je entzweien könne?

Doch dann fielen ihr die entmutigenden Bemerkungen in Alisons Zeugnissen ein; darin wurde durchweg betont, daß Alison jeglichen schulischen Regeln ablehnend gegenüberstand, selbst denen, die ihren Klassenkameradinnen gefielen. Nein, aus dem schwesterlichen Treueschwur würde wohl nichts werden.

Sie aß ihr fünftes Horsd'œuvre und dachte dabei, daß sie nun eine Viertelstunde ihrer frühmorgendlichen Plackerei zunichte gemacht hatte. Bald würde David müde aus dem Büro heimkommen und sich auf einen geruhsamen Feierabend freuen. Und ihren geliebten Timmy hatte sie, seit sie zurück war, noch nicht einmal zu Gesicht bekommen.

Im ganzen Land bereitete man sich aufs Weihnachtsfest vor, und sicherlich gab es in manchen Familien Spannungen ... aber keine Familie hatte jemanden

wie Alison. Eine Zeitbombe, die sie vier lange Jahre behalten mußten und die jederzeit explodieren konnte.
Überall verstreut lag Alisons Gepäck. Jenny mußte unbedingt mit David darüber sprechen, daß Alison all ihre Sachen gefälligst in ihrem Zimmer zu verstauen habe. Gott, ihr Zimmer! Das war ja noch gar nicht hergerichtet!
Vielmehr standen dort noch Unmengen von Kartons herum; schlimmer noch, es war mit Schachteln voller Tannenzapfen und einer großen Leinentasche mit Stechpalmenzweigen vollgestellt. Wenn sich das Kind ungeliebt und unerwünscht fühlte, dann lag das nur an Jenny. Eigentlich hatte sie vorgehabt, ihr viele Kleiderbügel hinzulegen und zur Begrüßung eine kleine, dezente Vase mit ein paar Blumen und Grün aufzustellen ... nichts, was als protzig, geschmacklos oder uncool – oder wie Alisons derzeitige Lieblingshaßwörter auch heißen mochten – angesehen werden konnte.
Während sie finster alle Möglichkeiten verwarf, je eine Beziehung zu ihrer Stieftochter aufzubauen, verfiel sie in Schweigen. Alison schien sich dieser plötzlichen Stille bewußt zu werden. Sie folgte Jennys Blick, der auf dem Gepäck ruhte.
»Ich schätze, ich soll wohl meine Sachen aus dem Weg räumen, oder?« sagte sie im Tonfall eines Märtyrers, der an einen besonders üblen Folterknecht geraten war.
»Was dein Zimmer angeht ...«, fing Jenny an.

»Schon gut, ich halte die Tür immer geschlossen«, seufzte Alison.
»Nein, das meine ich nicht ...«
»Und ich mache die Musik auch nicht zu laut.« Sie rollte mit den Augäpfeln.
»Alison, ich muß dir wegen des Zimmers etwas erklären ...«
Mit all seinen Taschen beladen hielt das Mädchen auf dem Weg zum Zimmer inne.
»Meine Güte, was denn noch, Jenny? Was ist noch alles verboten?«
Jenny fühlte sich so erschöpft, daß sie den Tränen nahe war.
»Ich wollte dir nur sagen, warum diese Sachen drin sind ...«, brachte sie mit letzter Kraft hervor. Da hatte Alison bereits die Tür geöffnet.
Sie blieb stehen und betrachtete all die Vorbereitungen, den Schmuck und das ganze Zubehör für ein festliches Weihnachten. Sie hob einen Tannenzapfen auf und roch daran. Unterdessen wanderte ihr Blick von einem Ende des Zimmers zum anderen, als könnte sie dies alles gar nicht fassen. »Wir haben gedacht, du würdest erst morgen kommen«, meinte Jenny entschuldigend.
»Ihr wolltet mein Zimmer schmücken.« Alisons Stimme klang heiser.
»Nun, ja, mit diesem und jenem, wie es eben so ... du weißt schon ...«, stammelte Jenny verwirrt.
»Mit all dem hier?« Alison sah sich um.
Jenny biß sich auf die Unterlippe. In diesem Zimmer

war genug Grün, um ein dreistöckiges Haus zu schmücken, und in einem solchen wohnten sie. Das Kind konnte doch unmöglich glauben, dies sei alles für sein Zimmer gedacht.

Da erkannte sie mit einem Blick in Alisons strahlendes Gesicht, daß dieses großgewachsene, schlaksige Präraffaeliten-Modell mit den widerspenstigen Locken und dem Schmollmund genau das war: ein Kind. Ein mutterloses Kind, das zum erstenmal ein weihnachtlich geschmücktes Zimmer haben würde.

Im Verlagswesen hieß es immer, die besten Entscheidungen und besten Bücher kämen durch Zufall zustande, nicht durch lange und ausgeklügelte Planung.

»Na ja, mit dem meisten davon. Eigentlich wollten wir es richtig schön für dich machen, nett und einladend. Aber jetzt, da du schon da bist …«

»… könnte ich vielleicht dabei helfen?« schlug Alison mit leuchtenden Augen vor.

Es würde nicht von Dauer sein, das wußte Jenny. Die Straße, die vor ihr lag, war nicht in weiches, schmeichelndes Licht getaucht wie im Film. Sie würden einander nicht in die Arme fallen. Aber zumindest würde es ein Weilchen vorhalten. Vielleicht bis zur Party. Oder bis Heiligabend …

Da hörte sie, wie ihr Sohn herumlief und sie suchte.

»Wo warst du denn? Du bist nicht zu mir gekommen«, rief er ihr entgegen.

Jenny hob ihn hoch und nahm ihn auf den Arm. »Ich habe gerade deine Schwester zu Hause begrüßt«, er-

klärte sie und wagte dabei kaum, das Mädchen anzusehen.
Alison beugte sich vor und kitzelte Timmy mit einem Efeuzweig.
»Frohe Weihnachten, Brüderchen«, sagte sie.

ZEHN WEIHNACHTS-SCHNAPPSCHÜSSE

Maura liebte Weihnachten. Jimmy durchlitt es. In Mauras Kindheit wurde immer viel Wirbel darum gemacht: Sie hatten täglich ein Fenster des Adventskalenders geöffnet und sich die Verse auf den Weihnachtskarten vorgelesen, bevor sie jede an einem bunten Band aufgehängt hatten. Bereits im Oktober fingen sie an, über den Baum zu sprechen, und jedes Geschenk lag – liebevoll verpackt und mit Namen beschriftet – schon mindestens eine Woche vor dem Fest unter dem Baum, wo es hoffnungsvoll und in banger Erwartung beäugt und befühlt wurde.

Nach ihrer Hochzeit hatte Jimmy das zuerst sehr rührend gefunden; er pflegte sie auf die Nasenspitze zu küssen und zu sagen, wie süß sie doch sei. Doch im Lauf der Jahre war es wohl weniger süß geworden, fiel Maura auf, wie viele andere Dinge auch. Also behielt sie ihre Weihnachtsbegeisterung für sich und teilte dieses Geheimnis nur mit den Babys, die nach und nach eintrafen. Dieses Jahr würde lediglich die vierjährige Rebecca auf den Weihnachtsmann warten. John und James und Orla waren schon viel zu alt dafür. Aber niemand war je zu alt für einen Weihnachtsbaum und

Weihnachtsbeleuchtung und Kerzen und Stechpalmenzweige an der Tür. Maura werkelte allein und glücklich vor sich hin, ohne Jimmy allzusehr mit Festvorbereitungen zu behelligen, wenn er abends von der Arbeit nach Hause kam. Nur bei der Frage, welches große Geschenk jedes Kind bekommen sollte, beriet sie sich mit ihm.

James war zehn; er würde ein Fahrrad kriegen. John war acht; für ihn hatte sie das Videospiel besorgt, von dem er häufig gesprochen hatte. Für Rebecca würden viele kleine Sachen, mit denen man Krach machen konnte, unterm Baum liegen – sie war noch zu klein für ein großes Geschenk. Aber Orla? Was sollte die große Vierzehnjährige bekommen? Vielleicht würde ihr ein Gutschein aus diesem Modegeschäft Freude machen, wo ihre Freundinnen sich stundenlang die Nasen am Schaufenster plattdrückten, überlegte Maura. Er fände eine Schreibmaschine und einen Schnellkurs im Maschineschreiben besser, widersprach Jimmy. Sie konnten sich nicht einigen. Maura meinte, jemandem zu Weihnachten einen Schreibmaschinenkurs zu schenken sei, wie eine Frau mit einem Diätbuch oder dem Mitgliedsbeitrag für die Weightwatchers zu beglücken. Jimmy wiederum fand, mit einem Gutschein für einen solchen Laden würden sie den elterlichen Segen dazu geben, daß sich das Kind perverse Transsexuellenklamotten kaufte. Dann also nichts von beidem. Sie entschieden sich für eine Polaroidkamera, die gleich nach der Aufnahme fertige Fotos lieferte. Dem Fest angemessen und gleichzeitig schnell und direkt, passend zum Zeitgeist der heutigen Generation. Nachdem sie die Kamera gekauft hatten, packte Maura sie in viele andere Schachteln und Wellpappe ein, so daß Orla sich wohl hundertmal vergeblich fragte, was in ihrem Päckchen verborgen sein mochte.

Für ihre Mutter, die Weihnachten bei ihnen verbringen würde, hatte Maura beheizbare Lockenwickler gekauft. Ihre Mutter war attraktiv und modebewußt, zumindest in Mauras Augen. Für Jimmy war sie eine alte Fregatte, die auf jung machte, eine Frau, die sich weigerte, mit Würde alt zu werden. Zwar erhob er nie Einwände gegen ihren Weihnachtsbesuch, aber er freute sich auch nicht gerade darauf. Seine eigenen Eltern hielt er auf sichere Distanz: Weihnachtsgeschenke mit der Post, und am Weihnachtsmorgen der übliche Anruf, um ihnen ein frohes Fest zu wünschen. Jimmys Familie war bei weitem nicht so gefühlsbetont.

Marie France, das französische Au-pair-Mädchen, würde eine hübsche Tara-Brosche bekommen, entschied Maura. Denn dieses Mädchen hatte die irritierende Angewohnheit zu fragen, ob dies oder jenes aus echtem Silber oder aus reiner Seide sei, ob es sich beim Wein um einen guten Jahrgang handle und ob man im Theater auch die besten Plätze bekam. Über ein derartiges Beispiel original irischer Volkskunst konnte sie sich wohl kaum beschweren. Marie France war schon in Ordnung, fand Maura, auch wenn sie ein bißchen zu oft schmollte, die Achseln zuckte und die

Augen verdrehte. Wahrscheinlich war das eben die Art, wie sich zwanzigjährige Französinnen benahmen, die man zum Englischlernen nach Irland verbannt hatte. Was man ihr auftrug, erledigte sie gewissenhaft, ob sie nun Rebecca hüten, Gemüse putzen oder im Erdgeschoß saugen sollte. Aber sie tat auch keinen Strich mehr. Oft wünschte sich Maura, daß sie ihr mehr Aufgaben übertragen hätte. Schließlich bewohnte Marie France ein eigenes Zimmer, bekam dreimal am Tag ein köstliches Essen vorgesetzt und hatte mehr als genug Zeit, zu lernen und ihren Kurs zu besuchen. Doch nichts, nicht einmal der leise Groll auf Marie France, konnte Maura das Fest verderben. Kaum hörte sie über die Lautsprecher im Supermarkt wieder die blechernen Klänge von »Mary's Boy Child« oder »The Little Drummer Boy«, packte Maura die altbekannte Vorfreude – und da war es noch Wochen hin bis zum Fest. Und als dann die Straßen in weihnachtlichem Glanz erstrahlten, befand sie sich bereits in einem Zustand glückseliger Betriebsamkeit. Ihre Mutter kam in einem noch ausgefalleneren Kleid als sonst bei ihnen an. Und ihre Freundin Brigid, die mal wieder ihren Ehemann verlassen hatte, erkundigte sich, ob sie nicht vielleicht kommen und Weihnachten im Kreis von Mauras Familie verbringen dürfe. Maura stimmte sofort zu. Schließlich war Weihnachten das Fest der Liebe, und sie war mit Brigid schon seit ihrer Schulzeit befreundet. Allerdings grummelte Jimmy ein bißchen deswegen. Brigid sei eine Verrückte, ihr Ehemann habe Glück, daß er sie los sei, meinte er; aber, na gut.

Da sie nicht mehr als einen Teller Truthahn und Schinken verdrücken würde und der Tag dank Mauras Mutter sowieso schon ruiniert sei, habe er nichts gegen ihren Besuch. Ja, sicher könne sie auf der Couch im Wohnzimmer schlafen, wenn sie ihren Schlafsack mitbringe, warum denn nicht, da doch das Gästezimmer schon von seiner verrückten Schwiegermutter in Beschlag genommen war.

Am Heiligabend sangen sie Weihnachtslieder, und Maura schloß glücklich und dankbar die Augen. Ihr Lächeln war so selig, daß selbst Orla, die diese Singerei zum Kotzen fand, und Oma, der es ziemlich übertrieben vorkam, mitsangen. Auch Brigid stimmte ein, obwohl sie sich an kläffende Hunde erinnert fühlte, ebenso wie Jimmy, dem das eigentlich zu gefühlsduselig war. James und John machte es einen Heidenspaß, und einer sang lauter als der andere, während Rebecca glaubte, daß es sich um ein Spiel handelte, und auf ihr Tamburin schlug, wann es ihrem musikalischen Empfinden entsprach.

Am nächsten Morgen setzten sie sich nach dem Kirchgang in einen Kreis und packten die Geschenke aus. Mauras Mutter war hellauf begeistert von den Lockenwicklern und zog sofort den Stecker von einer Lampe heraus, um sie auszuprobieren. Marie France zuckte die Achseln und schmollte angesichts der Tara-Brosche, doch Jimmy freute sich wirklich über den Anorak. Denn er haßte es, Geld zu verschwenden, und hatte sowieso einen kaufen wollen. Ein wenig geheuchelt war allerdings Mauras Freude über die Teppichkehrmaschine, die, wie Jimmy meinte, recht praktisch sei, wenn sie nicht eigens den Staubsauger herausräumen wollte.

Während alle ihre Geschenke auspackten, blieb Orla sehr still. Und Maura begann zu bedauern, daß sie sich nicht mehr für den Gutschein eingesetzt hatte. Es wurde von Tag zu Tag schwieriger, mit dem Kind zu reden, aber das sagten alle Mütter mit Töchtern im Teenageralter, und auch sie hatte erst vor kurzem – nach einer langjährigen soliden Ehe und mit einer eigenen Familie – eine Beziehung zu ihrer Mutter aufbauen können. Vielleicht blieb es ja immer ein schwieriges Verhältnis. Mit der pausbäckigen, niedlichen Rebecca würde es in zehn Jahren nicht anders sein. Dabei war Orla nicht frech oder mürrisch wie anderer Leute Töchter. Auch kein Trotzkopf oder Dickschädel. Nein, es war nur, daß sie seit neuestem irgendwie ... na ja ... von ihnen gelangweilt zu sein schien. Als ob sie nicht besonders viel von ihrer Familie hielte. Nichts, was man klar benennen oder gar mit Jimmy besprechen konnte, der seine älteste Tochter stets über den grünen Klee lobte. Denn dann hätte es wie ein Vorwurf geklungen, was es aber nicht war. Und so hatte sich Maura, wie bei vielem anderen auch, entschlossen, den Mund zu halten. Doch als das lange blonde Haar des Mädchens über das geschickt verpackte Geschenk fiel und schließlich die Polaroidkamera zum Vorschein kam, biß sie sich auf die Unterlippe.

»Oh, wie schön, vielen Dank, Dad. Danke, Mum«, sagte

Orla in ungefähr dem gleichen Tonfall, in dem Maura sich für ihre Teppichkehrmaschine bedankt hatte.

»Du kannst dich damit von anderen fotografieren lassen und so deine Entwicklung vom häßlichen Entlein zum schönen Schwan dokumentieren«, meinte Mauras Mutter.

»Danke, Oma«, erwiderte Orla.

»Oder du fotografierst junge Burschen und beglückwünschst dich später, daß du mit ihnen nichts zu tun hattest«, schlug Brigid vor, während sie an ihrer Zigarette zog und grimmig lächelnd an ihren verlassenen Ehemann dachte.

»Was für eine prima Idee, Tante Brigid«, antwortete Orla.

Doch Maura spürte ihre Enttäuschung und ärgerte sich ein bißchen. Wenn Orla wüßte, wovor ihre Mutter sie bewahrt hatte ... ein Schreibmaschinenkursus in den Osterferien, eine gebrauchte Schreibmaschine plus eines Übungsbuchs. Ja, dann hätte sie ihrer Mutter sicher ein wenig herzlicher zugelächelt. Wieder wünschte Maura, sie hätte auf dem Geschenkgutschein beharrt. Denn mit diesem in der Hand würde Orla nun vielleicht in Träumen schwelgen: von verschiedenen Kleidungsstücken, dem Für und Wider eines bestimmten Teils, von Anproben, der Auswahl und wie sie etwas unter Vorbehalt mit nach Hause nahm. Doch nun war es zu spät. Und eine Kamera mit einem Film für zehn Aufnahmen war schließlich ein großartiges Geschenk für eine Vierzehnjährige.

»Machst du gleich ein Bild?« James brannte darauf zu sehen, wie sie funktionierte.
»Wir schneiden alle Grimassen«, schlug John vor, der einen Spaß daraus machen wollte.
»Laß mich zuerst die Lockenwickler rausdrehen.« Mauras Mutter probierte die Vorzüge ihres Geschenkes bereits aus; ihr Kopf war mit Nadeln gespickt.
Orla zuckte die Achseln. Eine unsympathische Geste, die sie sich da angewöhnte, ging es Maura durch den Kopf. Viel zu überheblich, viel zu sehr Marie France.
»Es ist Orlas Kamera. Sie kann damit fotografieren, was sie will«, mischte sich Maura ein und hoffte auf ein dankbares Lächeln, einen freundlichen Blick. Doch wieder zuckte Orla nur die Achseln.
»Ach, egal«, meinte sie. »Wenn ihr wollt, mache ich eine Aufnahme.«
Es verging einige Zeit, bis sich alle in Positur gestellt hatten. Zuerst mußte Marie France noch Lippenstift auflegen, und Maura fiel auf, daß sie sich nicht die Mühe gemacht hatte, die Tara-Brosche anzustecken. Endlich waren alle versammelt: vier Erwachsene auf dem Sofa, davor die drei Kinder. Orla drückte auf den Auslöser, und wie durch Zauberhand kam ein graugrünes Stück Papier aus dem Apparat, das sich vor ihren Augen in ein Bild von ihnen verwandelte.
Sie wirkten merkwürdig leblos, dachte Maura; und manche hatten teuflisch rote Augen.
Doch alle fanden, es sei ein toller Apparat, und fragten sich, was wohl primitive Völker davon halten würden, die dergleichen noch nie gesehen hatten.

Fast jeder bekam vor dem Weihnachtsessen eine bestimmte Aufgabe zugeteilt. Die Jungen mußten das Papier zusammenräumen und zu einem ordentlichen Haufen schichten. Jimmy ging den Wein holen, und Oma sollte die Knallbonbons auf dem Tisch verteilen und Pralinen in kleine Glasschüsselchen legen, die dann später gereicht würden. Brigid bekam ein neues Geschirrtuch in die Hand gedrückt, um damit die Weingläser zu polieren. Und da man Marie France mit nichts betraut hatte, würde sie auch genau das tun, nämlich nichts. Maura ging in die Küche, um die Braten- und die Brotsoße zu machen. Alles schien gleichzeitig zu kochen, die Schüsseln waren schwer, und die ganze Zeit hatte sie Rebecca zwischen den Beinen. Scharf fuhr sie die Kleine an, aus der Küche zu verschwinden, und sofort hatte sie ein schlechtes Gewissen. Schließlich war Weihnachten, warum war sie so gereizt? Irgend etwas war nicht in Ordnung, das spürte sie, aber was? Sie empfand nur eine unbestimmte Furcht, wie nach einem Alptraum, wenn man noch nicht ganz wach ist. Ärgerlich und verwirrt, wie sie war, flutschte ihr der Truthahn von der Platte und landete auf dem Boden. Wütend packte sie ihn an den Keulen und knallte ihn wieder in den Bräter. Gott sei Dank hielten sich weder ihre Mutter noch Jimmy in der Küche auf; beide waren unübertroffen darin, die Nase zu rümpfen und über Mauras sogenannte Lotterwirtschaft zu seufzen. Was einer nicht weiß, macht ihn nicht heiß, dachte Maura, während sie das Brät unter dem Herd herausklaubte und den Staub davon entfernte. Daß Orla in der Küche stand und versonnen die Kamera betrachtete, hatte sie gar nicht bemerkt.

»Gefällt sie dir wirklich, Liebes?« fragte Maura sanft.

»Oh, ja, das habe ich doch schon gesagt.« Das Mädchen war mit den Gedanken ganz woanders. Sie würde sich jedem Versuch einer offenen Aussprache entziehen.

»Hat der Apparat gerade geblitzt? Mir war, als hätte ich etwas aufleuchten sehen? Oder ist draußen ein Gewitter?«

Orla zuckte die Achseln. Wie kann ich ihr diese blöde Angewohnheit bloß austreiben, ohne körperliche Gewalt anzuwenden, überlegte Maura finster. Da kamen die Jungen herein.

»Mach doch noch eine Aufnahme. Von uns, vor dem Haus«, bettelten sie.

»Nein.«

»Ach, komm schon, Orla. Dafür ist es gedacht.«

»Nein. Ihr habt doch gehört, daß ich damit fotografieren kann, wozu ich Lust habe.«

»Was willst du denn damit fotografieren?« Jetzt waren ihre Brüder sauer.

»Ach, nur Schnappschüsse, hier und da mal einen. Bilder von Weihnachten, wie es wirklich ist, und nicht nur diese gestellten Aufnahmen, wo alle grinsen.«

Die Jungen verloren das Interesse. Doch Maura strahlte übers ganze Gesicht. Vielleicht gefiel Orla das Geschenk ja wirklich, vielleicht begann sie sogar, sich für Fotografie zu interessieren. Das wäre ja einfach großartig. Doch damit Orla ihre Hoffnungen nicht mit einem Achselzucken zunichte machte, sagte sie lieber nichts.

Orla ging zu dem Schuppen, in dem der Wein gelagert wurde. Erst als es blitzte und er ein surrendes Geräusch hörte, merkte ihr Vater, daß sie hereingekommen war.

»Orla!« brüllte er und machte eine schnelle Bewegung auf sie zu. Dabei löste er sich schnell, beinahe wie im Zeitraffer, von Marie France und nahm die Hände von ihr. Mit einem schwachen Lächeln sah Marie France zur Tür und strich sich die Bluse glatt.

»Was ist denn das für ein blöder Streich?« Doch ihr Vater war nicht schnell genug. Als Maura herauskam, um nachzusehen, weshalb draußen so ein Tumult herrschte, war Orla längst wieder im Haus.

»Ach, nichts, ich mache bloß ein paar Fotos. Ihr habt doch gesagt, ich kann fotografieren, wozu ich Lust habe.«

»Laß sie, Jimmy. Es ist ihre Kamera. Sie soll damit machen, was sie will.« Maura ging wieder in die Küche zurück.

»Es war nur ein Spiel. Du weißt schon, eines dieser Weihnachtsspiele«, versuchte Jimmy verzweifelt zu erklären, doch Maura war schon außer Hörweite, und Orla hatte sich sonstwohin verzogen, um die Aufnahme in Ruhe zu betrachten.

Nachdenklich polierte Brigid im Speisezimmer die Gläser für das Festessen, doch war sie dabei ganz und gar nicht feierlich gestimmt. Warum war sie gezwun-

gen, in einem fremden Haus zu kampieren und Weihnachten mit einer fremden Familie zu feiern, wenn nicht wegen dieses Bastards? Das würde sie ihm heimzahlen. Das würde er noch bitter bereuen. Wenn sie doch nur etwas Geld hätte. Das Leben war so ungerecht. Man mußte sich nur all das viele Kristall und Silber in Mauras Haus ansehen, das kaum je benutzt wurde. Dieses kleine Schälchen auf der Anrichte zum Beispiel war gut und gern ein paar Pfund wert, und es lagen nur Bleistifte und ein altes Klebeband darin.
Gerade als sie es in ihrer Handtasche verschwinden ließ, hörte Brigid ein Zischen und sah den Blitz. Teilnahmslos stand Orla an der Tür.
»Ich wollte es nur abstauben, Orla, ich hab' da was in der Tasche zum Abreiben.«
»Verstehe, Tante Brigid.« Noch bevor Brigid sie bitten konnte, das Bild herzuzeigen, war Orla verschwunden.
Im Wohnzimmer, wo Oma eigentlich Süßigkeiten und Knallbonbons verteilen sollte, war die ältere Dame gerade dabei, sich den guten Weihnachtsbrandy aus der Flasche hinter die Binde zu kippen. Als Orla ins Zimmer kam, verschluckte sie sich beinahe, und ihre Augen waren weit aufgerissen, als sie das Sirren der Kamera hörte.
»Sei nicht albern, Kind. Es ist sehr kindisch, wie du deine zehn Aufnahmen verschwendest.«
»Ich weiß, Oma, aber ich *bin* eben sehr kindisch«, erwiderte Orla.
Inzwischen war es fast Zeit zum Essen. Bald würde Maura munter durchs Haus rufen, und alle würden

sich um den Tisch versammeln. Von den Jungen war verdächtig wenig zu hören. Ohne anzuklopfen, betrat Orla ihr Zimmer. John hustete bei jedem Zug, aber James rauchte seine Zigarette in eleganter Pose.
»Festgehalten für künftige Generationen«, sagte Orla, als der Blitz aufflammte.
»Sie werden uns die Hölle heißmachen«, meinte James schlicht. »Und das ganze Weihnachtsfest ist hinüber.«
»Nur wenn sie es zu sehen bekommen«, erwiderte Orla.
Während sie in ihrem Zimmer darauf wartete, daß ihre Mutter zum Essen rief, breitete sie ihre Bildersammlung vor sich aus: die Gruppe auf der Couch und dem Teppich, Menschen mit roten Augen, die sich völlig im Griff hatten. Dann ihre Mutter und der Truthahn auf dem Fußboden; ihr Vater mit Marie France; ihre Oma, wie sie den Brandy aus der Flasche trank. Die Freundin ihrer Mutter, wie sie gerade das Silber stahl; und ihre beiden Brüder, die in ihrem Zimmer rauchten. Sie hatte noch vier Aufnahmen übrig. Vielleicht eine, wenn der Plumpudding hereingebracht wurde, und eine, wenn alle mit offenen Mündern schliefen.
»Essen ist fertig«, hörte sie die aufgeregte Stimme ihrer Mutter von unten.
Sie riß das Bild von dem Truthahn in winzige Stücke. Ihre Mutter war nett. Bedauernswert, aber nett. Orlas Blick wanderte wieder über die Sammlung. Man mußte sich nur mal vor Augen halten, was für ein großartiges Weihnachten ihrer Mutter beschert wurde, als Dank dafür, daß sie so nett war. Nein, es gab

keinen Grund, das Mißgeschick mit dem Truthahn zu archivieren. Aber die anderen Schnappschüsse würde sie behalten.

Hocherhobenen Hauptes ging sie zum Weihnachtsessen hinunter. Und irgendwie wußte sie, daß sie dieses Jahr eine bedeutende Persönlichkeit sein würde. Jemand, den man auch künftig ernst nahm.

WEIHNACHTSHEKTIK

Mrs. Doyle wurde gewöhnlich schon im Oktober nervös. Denn es gab ja noch so viel zu tun. Der Weihnachtskuchen, der Plumpudding, alles wollte vorbereitet sein. Ihre Kinder brachte das jedesmal auf die Palme, vor allem weil sie keine Kinder mehr waren. Sondern längst erwachsen.

Der Auftakt war immer der gleiche: Mrs. Doyle merkte, daß sie Theodoras Rezept für den Kuchen verlegt hatte, und leerte deshalb sämtliche Schubladen auf den Tisch. Dabei traten stets schreckliche Versäumnisse zutage: nicht beantwortete Briefe oder Strickmuster, die sie Freundinnen zu schicken versprochen hatte. Das Ergebnis war ein riesiges Durcheinander, das weitere Verwirrung stiftete – und als zusätzlicher Beweis dafür herhalten mußte, wieviel noch zu tun war.

»Ich habe ihr eine Sammelmappe für die Rezepte gekauft«, klagte Brenda. »Ja, ich habe sogar angefangen, sie für sie auszuschneiden und abzuheften, aber was tut sie? Sie nimmt sie wieder heraus und verlegt sie von neuem. Es ist wirklich zum Auswachsen.«

Brendas Wohnung hätte einen Rationalisierungsexperten vor Neid erblassen lassen. Und Brenda schaffte es nicht nur jedesmal, Theodoras Kuchenrezept wiederzufinden, sie wußte auch genau, wann man spätestens ein Paket aufgeben mußte, damit es rechtzeitig in Amerika ankam. Doch als sie diese Informationen für ihre Mutter fotokopierte, schien das nur das Chaos zu vergrößern. Denn Mrs. Doyle zerbrach sich nun den Kopf darüber, wo sie eigentlich die Originale aufbewahrte.

Ihre andere Tochter Cathy mußte sich normalerweise mit kalten Kompressen auf der Stirn hinlegen, wenn sie nur eine Stunde lang der Hektik ausgesetzt war, die Mrs. Doyle angesichts des Weihnachtsessens verbreitete. Denn für Cathy war es das einfachste Essen von der Welt. Man schob einen Vogel in den Ofen, und wenn er gar war, nahm man ihn wieder heraus, tranchierte ihn und aß ihn. Natürlich mußte man sich auch noch um die Kartoffeln, das Gemüse, die Brotsoße und die Füllungen kümmern, aber mal ehrlich: Wenn man nicht von vornherein das Handtuch warf, wurde man doch spielend damit fertig. Mrs. Doyle allerdings ging immer wieder ihren Zeitplan durch, was sie schon am Abend vorher vorbereiten sollte und wann sie aufstehen mußte. Man hatte den Eindruck, sie sei in Cape Kennedy für den Start eines neuen Weltraumfluges zuständig, dabei kochte sie doch nur ein Mittagessen für ihre zwei Töchter und ihren Sohn samt einem Schwiegersohn und einer Schwiegertochter. Es ging um ein Essen für sechs Leute, Himmel noch mal, nicht um eine Mondlandung.

Manchmal würde er sich am liebsten hinlegen und erst

nach Weihnachten wieder aufstehen, meinte Michael Doyle. Er könne das Gejammere seiner Mutter, wie teuer alles geworden sei, einfach nicht mehr hören. Vergeblich versuchte er ihr Jahr für Jahr klarzumachen, daß sie sich wegen der Kosten nicht den Kopf zu zerbrechen brauchte. Schließlich mußte sie doch nur den Truthahn und das Gemüse bezahlen, na ja, und die Zutaten für den Kuchen und den Plumpudding, aber die kaufte sie ja schon Wochen vorher. Brenda, Cathy und Michael besorgten den Wein und die Likörpralinen, die kleinen Extras wie eine Dose Kekse, Knabberzeug und Ersatzbirnen für die Christbaumbeleuchtung, weil jedes Jahr ein paar Lämpchen durchbrannten.

Wenn sie danach heimgingen, waren sie ausgelaugt, erschöpft und gereizt; die Weihnachtsstimmung war ihnen angesichts des hektischen Herumgerennes dieser Frau gründlich vergangen – einer Frau, die sich keine fünf Minuten entspannt hinsetzen und daran erfreuen konnte, daß ihre Familie am Weihnachtstag bei ihr zusammengekommen war.

Brenda war es, die entschied, daß dieses Jahr alles anders sein würde. Da Brenda alleinstehend und eine erfolgreiche Geschäftsfrau war, nahm man ihr das sehr entschiedene Auftreten nicht übel. Ja, man erwartete es beinahe von ihr. Und diesmal übertraf sie sich selbst. Denn Cathy hatte ein Baby, einen zauberhaften kleinen Jungen von fünf Monaten, der niemanden stören und trotz aller im Erdgeschoß tobenden Betriebsamkeit selig durchschlafen würde, wenn Mrs. Doyle ihn nur in Ruhe ließ. Aufgrund der vielen schlaflosen Nächte war Cathy erschöpft, sie brauchte Schonung, man mußte ihr Aufregungen aller Art ersparen. Und da Michaels Frau Rose schwanger war, sollte auch sie nicht einer Atmosphäre der Ruhelosigkeit ausgesetzt werden, die einen zum Wahnsinn treiben konnte. Die beiden sollten sich friedlich über Kinderkriegen und Babys unterhalten können.

Also schritt Brenda im September zur Tat. Sie eröffnete Mrs. Doyle, daß sich dieses Jahr ihre Kinder ums Weihnachtsessen kümmern würden, als eine Art Dankeschön. Cathy würde den Kuchen machen, Rose den Plumpudding, und am Tag selbst würde Brenda das Hauptgericht kochen. Mrs. Doyles einzige Aufgabe sei es, die Füße hochzulegen. Denn sie würden auch den Weihnachtsbaum besorgen und schmücken. Ja, sogar die Weihnachtskarten würden sie ihr samt Briefmarken vorher vorbeibringen, damit sie im Postamt nicht stundenlang anstehen mußte. Nein, erwiderten sie auf Mrs. Doyles Einwände, sie habe das alles lange genug für sie getan. Zur Abwechslung seien jetzt einmal die Kinder dran.

Als Weihnachten näherrückte, fragten sie sich, warum sie nicht schon früher auf diese Idee gekommen waren. Mrs. Doyle war die Ruhe selbst, zumindest ruhiger, als man sie je erlebt hatte. Manchmal setzte sie zu einer dringlichen Bemerkung an, doch dann erinnerte sie sich wieder, daß sie sich ja um nichts kümmern brauchte, und verfiel erneut in Schweigen. Alle Kinder wohnten in ihrer Nähe, so daß beinahe täglich eins von ihnen bei ihr vorbeischaute; und Brenda, Cathy und Michael beglückwünschten einander, die Hektik um mindestens achtzig Prozent vermindert zu haben. Zwar sorgte sich Mrs. Doyle weiterhin wegen vereister Straßen und fragte sich, ob sie wohl den Kalender für ihre Kusine auch ausreichend frankiert hatte, aber dagegen war buchstäblich nichts zu machen. Sie hatten alles Menschenmögliche getan, um sie zu entlasten.

Am Heiligabend erstrahlte das Haus in weihnachtlichem Glanz. Sie hatten einen größeren und schöner geschmückten Baum denn je. Und dabei hatte es Michael und Brenda großen Spaß gemacht, den Baum zu putzen; sie hatten viel gelacht und immer mal wieder einen kleinen Wodka-Orange getrunken. Irgendwie fühlten sie sich in ihre Kindheit zurückversetzt. Währenddessen hatte Cathy das Zimmer mit Stechpalmenzweigen geschmückt. Brian hatte ihr dabei geholfen und die Zweige so weit oben befestigt, daß sie nicht herunterfallen und allen die Stirn verkratzen würden wie sonst, wenn Mrs. Doyle kleine stachlige Zweiglein hinter Bilderrahmen steckte. Sie hatten fröhliche rote Papierservietten und bunte Knallbonbons gekauft. Und Michael hatte dafür gesorgt, daß genug Briketts bereitlagen, um das Feuer in Gang zu halten; auch an eine Schachtel Feueranzünder hatte er gedacht. Bevor sie gingen, hatten sie noch den Tisch für das morgige Mittagessen gedeckt. Als sie Mrs. Doyle zum Abschied küßten, sahen sie ihrem bislang fröhlichsten Weihnachtsfest entgegen.

Mrs. Doyle wanderte in dem warmen, sauberen Haus umher. Brenda hatte die Gelegenheit genutzt, auch gleich ein bißchen zu putzen, als sie die Sachen fürs morgige Mittagessen herausgestellt hatte. Und so blitzten die Töpfe mit den Kartoffeln und den Gemüsen mehr als sonst, während der mit Kastanienpüree und Brät gestopfte Truthahn ordentlich mit Folie abgedeckt war. Mrs. Doyles einzige Aufgabe bestand darin, den Vogel morgen um elf Uhr vormittags in den Ofen zu schieben. Vielleicht wäre es keine schlechte Idee, die alten Rezepte in der Küchenschublade durchzuschauen und im Sammelordner abzuheften, überlegte sie. Das würde Brenda freuen. Doch sieh mal einer an! Brenda hatte das bereits erledigt. Außerdem sahen alle Schubladen verdächtig aufgeräumt aus. Und obwohl sie nicht hätte sagen können, was genau fehlte, wurde sie das Gefühl nicht los, daß eine Menge weggeworfen worden war.

Dann würde sie eben den Küchenschrank saubermachen, das würde die Kinder beeindrucken, wenn sie das gespülte Geschirr einräumten. Doch auch der Schrank war bereits geputzt und mit frischem Papier ausgelegt. Das war gestern noch nicht so gewesen, da war sie sicher. Wahrscheinlich hatten das Cathy und Rose erledigt, als sie über Babys und Rückenschmerzen gelacht und darauf bestanden hatten, daß Mrs. Doyle am Kaminfeuer sitzen blieb und ihnen nicht in die Quere kam. Auch waren alle ihre Geschirrtücher frisch gewaschen; straffgespannt hingen sie über Stuhllehnen, damit sie morgen glatt und trocken waren. Sogar ein Frühstückstablett stand bereit, für ihr gekochtes Ei morgen früh, wenn sie aus der Kirche kam und auf ihre Kinder wartete. Und dabei Däumchen drehte, weil sie nach der ungeheuren Aufgabe, um elf Uhr den Truthahn in den Backofen zu schieben, nichts mehr zu tun hatte. Verglichen mit anderen Jahren erwartete sie ein geruhsamer Tag. Was hatte sie doch für ein Glück mit ihren lieben, aufmerksamen Kindern.

Mrs. Doyle saß am Feuer und dachte an Jim. Dann nahm sie sogar sein Bild vom Kaminsims und betrachtete es eingehend. Vor ihr lag nun schon das zwölfte Weihnachtsfest ohne ihn. Dabei wäre er dieses Jahr erst zweiundsechzig gewesen, so alt wie sie auch. Eigentlich kein Alter. In ihrem Freundeskreis waren viele um einiges älter, und doch lebten beide Ehepartner noch. Sie war viel zu früh Witwe geworden. Und Jim hätte nicht auf diese Weise sterben sollen. Sie hatten ja kaum mehr Zeit gehabt, sich ein paar Worte zu sagen. Mrs. Doyles Augen füllten sich mit Tränen, während draußen auf der Straße jemand Weihnachtslieder sang. An Weihnachten war es für verwitwete oder alleinstehende Menschen besonders schwer. Doch sie riß sich zusammen. Ihre Augen sollten morgen nicht geschwollen sein. Sonst würden ihre Töchter sie nur mißtrauisch mustern und mit Fragen löchern. Nein. Sie wollte an die schönen Zeiten mit Jim zurückdenken – wie aufgeregt er gewesen war, als seine Kinder auf die Welt kamen. Er hatte völlig Fremden Drinks spendiert, als seine erste Tochter geboren wurde, und bei der Geburt seines Sohnes war er in der ganzen Nachbarschaft herumgerannt und hatte an sämtliche Fensterscheiben geklopft. Und dann hatte er jedem erzählt, welche Fortschritte sie machten, wie viele Einser sie in ihren Zeugnissen hatten und wie ungerecht es war, daß Michael diesen einen Job nicht kriegte, bloß weil ein anderer bessere Beziehungen hatte. Sie wollte sich daran erinnern, wie er lachend von der Arbeit nach Hause gekommen war. Und nicht an seine letzten Monate, den Schmerz und die Verstörung in seinen Augen, an die immer wiederkehrende Frage und die stets gleiche, verlogene Antwort. »Natürlich wirst du nicht sterben, Jim. Sei doch nicht albern.«

Irgendwie war es an diesem Weihnachten besonders schwer, die Gedanken daran zu verdrängen. Sie konnte sich nicht erklären, warum. Aber so war es.

Die Arme voller Geschenke trafen sie ein. Jedermann in der Straße konnte sehen, daß Mrs. Doyle von ihren Kindern geliebt wurde und daß sie sich um ihre Mutter kümmerten. Man sah den erleuchteten Weihnachtsbaum im Fenster stehen, und vielleicht fiel sogar jemandem der auf Hochglanz polierte Messingtürknopf auf. Brenda hatte ihn verstohlen gewienert, als ihre Mutter gerade nicht hingeschaut hatte.

Das Mittagessen ging völlig glatt über die Bühne. Während ihre Mutter in ihrem Sessel saß und das Baby im Obergeschoß friedlich schlief, träumten Michael und Rose glücklich vom nächsten Weihnachtsfest, wenn auch sie ein Baby haben würden. Brenda brachte Leben in die Runde, als sie erzählte, daß sie ein Auge auf einen Witwer geworfen habe, der seit kurzem in ihrem Büro arbeitete; wenn sie es richtig anpackte, würde sie ihn vielleicht nächste Weihnachten mitbringen.

Alle meinten übereinstimmend, daß es das fröhlichste Weihnachtsfest ihres Lebens war.

»Seit euer Vater tot ist«, warf Mrs. Doyle ein.

»Natürlich«, beeilte sich Michael zu bestätigen.

»Das haben wir damit gemeint«, nickte Cathy.

»Selbstverständlich, seit Daddy tot ist«, versicherte Brenda.

Sie waren überrascht. Sonst sprach ihre Mutter an Weihnachten nie von ihrem Daddy; dennoch schien sie nicht bedrückt zu sein. Es klang eher, als habe sie das einfach einmal feststellen wollen.

Dieses Jahr hatten es die Kinder nicht eilig, nach Hause zu kommen. Beim Abspülen wechselten sie sich ab, und wer nicht in der Küche beschäftigt war, saß am knisternden Kaminfeuer und plauderte mit Mrs. Doyle. Zwischendurch schaute man ein bißchen Fernsehen, und alle außer Catherine und Rose, die auf das Baby aufpaßten und sich über das nächste unterhielten, gingen spazieren.

Dann gab es Tee und Kuchen, und später am Abend kalten Truthahn mit köstlichem Brot, das Brenda selbst gebacken hatte. Dieser Witwer sei ein Glückspilz, wenn er sich von Brenda angeln ließe, meinten alle.

Schließlich waren sie gegangen, im Haus war es warm, und alles war aufgeräumt. Das Geschenkpapier lag zusammengelegt in der untersten Kommodenschublade. Sonst konnte sich Mrs. Doyle nie entscheiden, ob sie es aufheben sollte oder nicht, aber dieses Jahr hatte man ihr die Entscheidung abgenommen. Ihre Geschenke standen auf der Anrichte: Parfüm, Talkumpuder; ein Federhalter mit passendem Bleistift; ein Zeitschriftenabonnement; eine handgestickte Hülle für die Fernsehzeitung; ein Glas mit in Grand Marnier eingelegten Orangen – Geschenke für eine Frau, die an Weihnachten nicht vergessen wurde. Warum fühlte sie sich trotzdem nicht wohl bei diesem Anblick? Vielleicht wegen der kleinen Liste daneben. Brenda hatte notiert, wer ihr was geschenkt hatte. Damit sie nachher nicht durcheinanderkomme, hatte ihre Tochter gesagt, wenn sie sich bedanken wolle. Das war ja gut und schön und sicherlich ganz nützlich. Aber schließlich war sie zweiundsechzig und nicht zweiundneunzig. Man mußte ihr kein Lätzchen umbinden und sie füttern. Man mußte auch nicht in Babysprache mit ihr reden. Weshalb schrieb man ihr also auf, wer ihr was geschenkt hatte? Sie hatte sich heute wenig genug merken müssen. Vielleicht hätte es ihr ja Freude gemacht, ein bißchen herumzurätseln, wer ihr was geschenkt hatte.

Normalerweise fiel Mrs. Doyle am Abend des Weihnachtstages todmüde ins Bett. Doch dieses Jahr saß sie noch lange am Kamin, nahm wieder das Bild von Jim zur Hand und überlegte, warum Jim all diese langen Monate so schwer hatte leiden müssen, wenn Gott wirklich so gütig war, wie der Pfarrer heute morgen behauptet hatte. Warum hatte Er dann zugelassen, daß

Jim Todesängste ausstehen und schließlich sterben mußte? Sie fand keine Antwort auf diese Frage und ging schließlich voller Schuldgefühle zu Bett, weil sie an Gottes Güte zweifelte. Lange starrte sie mit offenen Augen in die Dunkelheit.

Auch in der Woche nach Weihnachten kamen ihre Kinder immer wieder vorbei. Das war schon seit eh und je so Brauch, sie besuchten sie nach Lust und Laune. Für gewöhnlich entschuldigte sich Mrs. Doyle dann immer fahrig, daß sie eigentlich gerade ein paar süße Brötchen habe backen wollen ... Doch dieses Jahr waren diese Besuche organisiert wie eine Truppenübung. Als Rose und Michael vormittags vorbeikamen, brachten sie einen Teller Schinkenbrötchen mit, nur für den Fall, daß nachmittags jemand vorbeikäme. Und so konnte sie Cathy und Brian später – Simsalabim! – etwas zum Tee anbieten. Cathy überreichte ihr eine Flasche mit einer Mischung aus Zitrone, Nelken und Whiskey, die man nur noch mit heißem Wasser aufgießen mußte. Daher durfte Brenda später – Wunder über Wunder! – ein ungewöhnliches Getränk kosten.

Doch irgend etwas stimmte nicht mit ihr, fanden die Kinder. Ihre Mutter war zu ruhig. Es entsprach nicht ihrer Natur, nur zu reden, wenn man sie etwas fragte. Zu nichts äußerte sie eine Meinung, und sie schimpfte und jammerte nicht. Ja, irgendwie war sie überhaupt sehr einsilbig.

Und so hielten sie Kriegsrat. Die Grippe schien es nicht zu sein. Denn sie hatte keinerlei Schmerzen oder Beschwerden, das hatte sie ihnen versichert. Zum erstenmal aufgefallen war ihnen diese Veränderung am zweiten Weihnachtsfeiertag. Am Donnerstag darauf war Mrs. Doyle immer noch wortkarg. Und bis Samstag war sie praktisch verstummt.

Brenda löste das Rätsel. Mutter mußte sich zwar über nichts aufregen, aber sie hatte auch sonst nichts zu tun. Doch war die Hektik zum zentralen Punkt im Leben ihrer Mutter geworden, Aufregung war ihr Lebenselixier. Ob Brenda da nicht übertreibe, meinten die anderen. Schließlich seien diese Weihnachten einfach wundervoll gewesen.

»Für uns«, entgegnete Brenda düster. »Aber nur für uns.«

Am Samstag nachmittag schaute sie bei ihrer Mutter vorbei. Ohne Vorwarnung und ohne daß etwas vorbereitet worden war. Geduldig wartete sie, bis ihre Mutter wieder zu ihrer alten Hochform aufgelaufen war und darüber seufzte, jammerte und klagte, daß man nie genau wisse, ob die Läden nun offen seien oder nicht, so wie das Einkaufen überhaupt stets eine Glückssache sei. Teilnahmsvoll nickte Brenda. Obwohl ihr eigener Kühlschrank und die Vorratskammer wohlgefüllt waren, bot sie ihrer Mutter nicht an, sie mit Lebensmitteln zu versorgen, obwohl sie das eigentlich vorgehabt hatte. Nein, sie wartete, bis sich das aufgeregte Gewusel zu einem regelrechten Sturm ausgewachsen hatte.

Dann spielte sie ihren Trumpf aus.

»Gehst du zum Schlußverkauf?« fragte sie mit Unschuldsmiene. »Es geht dort immer so zu, und man weiß nie recht, ob es sich tatsächlich lohnt.«

In Mrs. Doyles Augen flackerten erste Funken von Begeisterung.

»Keine Ahnung, warum die Leute sich das eigentlich antun«, fuhr Brenda fort. »Es ist eine echte Schinderei. Andererseits kann man schon mal ein Schnäppchen machen. Und, was meinst du, ist es besser, sich gleich am ersten Tag frühmorgens anzustellen, trotz der vielen Menschen? Oder sollte man lieber abwarten, bis sich der erste Ansturm gelegt hat?«

Sie wurde für ihre Mühe reich belohnt. In Mrs. Doyles Gesicht kehrten Farbe und Leben zurück. Begeistert ließ sie sich über das Durcheinander dort aus, das Für und Wider, daß man danach immer wie gerädert sei und nie wisse, ob man Schund untergejubelt bekomme, der ausschließlich für den Schlußverkauf geordert worden war, oder tatsächlich reguläre herabgesetzte Ware. Als sie schließlich anfing, nach den Inseraten zu kramen, die sie im Lauf des Jahres ausgeschnitten hatte – Anzeigen von Sachen, die es wirklich zu kaufen lohnte, wenn sie um ein Drittel reduziert waren –, da seufzte Brenda tief auf. Die Zeit der Hektik war wiedergekehrt, und alles war wieder beim alten – trotz des dramatischen Rückschlages durch ein perfektes Weihnachtsfest.

DER JAHRESTAG

Es würde das fünfte Weihnachten sein, an dem sie zusammen waren. Oder vielmehr nicht zusammen waren. Aber es war ihr Jahrestag, so oder so. Chris haßte die Selbstgefälligkeit der Ehepaare, die unaufhörlich von ihren Jahrestagen redeten, als dürfe man diese nur feiern, wenn man ordentlich verheiratet war. Wobei sie ihre Freunde zu ihrem großen Erstaunen sagen hörte, sie hätten ja gar nicht gewußt, daß Chris und Noel schon seit dem Winter 1984 zusammen seien – seit jenem zauberhaften Winter, in dem sie ihre vielen Gemeinsamkeiten entdeckt hatten. Beide waren an Weihnachten geboren, und zu Ehren des Festes hatte man sie Chris und Noel getauft; beide hatten sich bei den Olympischen Spielen zu Tode gelangweilt, so daß sie nie wieder etwas von Zehnkampf, Speerwerfen oder Diskuswerfen hören wollten; und beide waren von dem Film *Amadeus* begeistert gewesen und hatten sich mit ihren nunmehr dreißig Jahren ein bißchen zu alt für Michael Jackson gefühlt.

Es war das Weihnachten von Stevie Wonder und »I just called to say I love you«. Das Lied würde Chris ihr Lebtag nicht vergessen. Und auch nicht, wie Noel – genau wie im Lied – anrief, um ihr seine Liebe zu erklären, von jeder Telefonzelle, jedem Hotelfoyer und jedem Bahnhof aus. Und von seinem Zuhause aus, wenn seine Frau gerade außer Hörweite war.

1984 waren die Kinder noch so klein gewesen. Noels Kinder. Und, wie man der Gerechtigkeit halber sagen muß, natürlich auch die Kinder seiner Frau. Gerade sieben und acht Jahre alt, also wirklich noch sehr klein. Merkwürdigerweise schienen sie im Lauf der Jahre aber nicht älter zu werden. Chris begriff das nicht. Alles wandelte sich, nur die Kinder von Noel blieben unselbständige Kleinkinder, die zu Hause sehnsüchtig auf ihren Daddy warteten, die man anrufen mußte, die Geschenke und täglich eine Postkarte haben wollten, wenn es Noel und Chris tatsächlich einmal gelang, gemeinsam zu verreisen. Auch auf den Fotos wirkten sie zusehends jünger. Oder zumindest kleideten sie sich nicht altersgemäß und nahmen Posen wie Kleinkinder ein. Mittlerweile waren sie zwölf und dreizehn. Warum ließen sie sich immer noch so fotografieren, schutzbedürftig an ihren Daddy gekuschelt? War dies das Werk einer teuflisch gerissenen Ehefrau, die wußte, daß man mit solchen Bildern mehr Eindruck schinden konnte als mit Aufnahmen von einer kompletten Familie?

Chris und Noel gingen sehr einfühlsam miteinander um. Um Chris nicht zu kränken, erwähnte er nie Einzelheiten von der Weihnachtsfeier der Familie und den Partys für die Verwandten und Nachbarn. Sie hielt es genauso und erzählte nie davon, daß ihre Eltern alljährlich den Juniorpartner ihres Vaters einluden,

einen Mann, der den enormen Vorteil hatte, noch unverheiratet zu sein. Unerwähnt ließ sie ebenfalls, daß ihre Schwester sie in düsterem Ton darauf hinwies, ihre biologische Uhr sei irgendwann abgelaufen, und Emanzipation sei ja schön und gut, aber wolle sie denn nie Kinder haben?
Chris fand sogar, daß sie sehr viel liebenswürdiger und rücksichtsvoller miteinander umgingen als die meisten Ehepaare in ihrem Bekanntenkreis. Oft machte sie diese Partnerschaftstests in den Zeitschriften, »Paßt Ihr Partner zu Ihnen?« oder ähnliches. Nachdem sie die Fragen ehrlich beantwortet hatte, stellte sie jedesmal fest, daß ihre Beziehung glänzend abschnitt. Sie hörten immer interessiert zu, wenn der andere von seiner Arbeit erzählte. Sie lümmelten zu Hause nie in schlampigen, unvorteilhaften Klamotten herum. Keinem von beiden würde es auch nur im Traum einfallen, den Fernseher einzuschalten, anstatt sich mit dem anderen zu unterhalten. Im Bett waren sie eher zärtlich und hingebungsvoll als eigennützig. Es gab keinen Grund, einander zu betrügen. Sie paßten zueinander.
Manchmal machte Chris auch einen Test wie »Sind Sie romantisch veranlagt?«. Und siehe da, sie waren es beide!
Er schenkte ihr mitunter eine einzelne Rose; er hatte einen Blick für ihre Garderobe und machte ihr Komplimente über ihr Aussehen. Und Chris servierte das Abendessen stets auf dem Tisch – in Chris' Wohnung aß man nicht mit dem Tablett auf dem Schoß.
Und mit dem »Chauvischwein«-Test war es das gleiche.

Nein, ein Chauvi war er wirklich nicht. Ehrlichen Herzens konnte sie versichern, daß er ihre geistigen Fähigkeiten bewunderte, ihre beruflichen Leistungen zu würdigen wußte, sie auch in geschäftlichen Dingen um Rat fragte und in jeder Hinsicht als ebenbürtig behandelte. Ausgeschlossen, daß er sie als seine kleine Mieze betrachtete.

Es gab keinen Test, vor dem Chris zurückscheute. Nicht einmal vor dem, der die Frage ergründete: »Wird Ihre Liebe Bestand haben?« Mit schonungsloser Offenheit ging sie die einzelnen Punkte durch, um zu dem Ergebnis zu gelangen: Ja, ihre Liebe würde noch triumphieren, wenn sie bei allen anderen längst erstorben oder abgekühlt war. Ihre Beziehung wies alle Merkmale für eine dauerhafte Zweisamkeit auf: Beide Partner hatten klare Vorstellungen, sie kannten ihre Grenzen und vermochten es dennoch, auch mal über den eigenen Schatten zu springen. Selbst das regelmäßig an Weihnachten gegebene Versprechen, sie würden nächstes Jahr zusammensein – *wirklich* zusammensein –, tat dem keinen Abbruch. Es schmälerte ihre Liebe kein bißchen. War es doch ein notwendiges Bekenntnis zu ihrer Bindung.

Auch Noel befaßte sich gern mit diesen kleinen Psycho-Tests. Manchmal stieß er in Wirtschaftsmagazinen auf einen, den Chris noch nicht kannte; etwa: »Beeinträchtigt Streß Ihr Liebesleben?« Sie lachten zuversichtlich und waren einer Meinung, daß ihr Liebesleben davon völlig unberührt blieb. Einmal entdeckte Noel einer seriöseren Test mit dem Titel: »Betrügen

Sie Ihren Partner?« Diesen arbeiteten sie sehr gründlich durch; ihre Fazit lautete, er betrüge niemanden, da er ja niemanden enttäusche. Und wenn der geeignete Zeitpunkt gekommen sei, würden sie auch offen dazu stehen können.

So hatten sie nichts zu befürchten von den weihnachtlichen Gewissensprüfungen, die man in den Redaktionen der Familienzeitschriften ersann, um die Leser über die Feiertage bei Laune zu halten beziehungsweise zum Nachdenken anzuregen. Und obwohl Chris und Noel viele Meilen voneinander entfernt waren, würden sie an Weihnachten nicht unglücklich sein. Noel besaß ein Foto von Chris, wie sie im Wohnzimmer ihrer Eltern inmitten ihrer Schwestern und Schwager, Neffen und Nichten und guter alter Freunde der Familie saß. Er konnte sich lebhaft vorstellen, wie sie am Kaminfeuer saß, diesen fabelhaften Fragebogen zur Hand nahm und ihn stillvergnügt ausfüllte; ein Lächeln würde ihre Lippen umspielen bei dem Gedanken, daß er, ebenfalls vor dem offenen Kamin sitzend, dasselbe tun und beinahe überall dieselben Antworten ankreuzen würde. Im Geiste sah auch Chris Noel vor sich, erschöpft vom trauten Familienglück mit seinen beiden Kindern, die es anscheinend geschafft hatten, den Alterungsprozeß umzukehren, und dieses Weihnachten vermutlich mit Rasseln und Stofftieren beschert würden. Er würde sich ausbitten, daß sie ihren Daddy jetzt in Ruhe seine Zeitung lesen ließen, was sie respektieren würden. Bei Fragen, die anderen Paaren banges Kopfzerbrechen bereiteten, würde er schmunzeln und nicken. Verträglich, romantisch, scharfsichtig, weder chauvinistisch noch untreu ... in jeder Kategorie waren sie unschlagbar. An dem klaren, kalten Nachmittag jenes Tages, an dem Weihnachten gefeiert wurde und sie ihr fünfunddreißigstes Wiegenfest begingen, setzten sie sich etwa zur selben Zeit hin, um sich dem »Großen Weihnachtspartnerschaftstest« zu unterziehen.

Dieses Jahr war er ganz anders aufgemacht. Nicht mit den üblichen Kästchen zum Ankreuzen von »Ja«, »Nein« oder »Vielleicht«. Auch nicht mit dem gewohnten Bewertungsschema am Ende: »Wenn Sie mehr als 75 Punkte haben, sind Sie verdächtig glücklich«, oder: »Mit weniger als 20 Punkten sollten Sie sich fragen, ob diese Beziehung das Richtige für Sie ist.«

Diesmal schlug man vollkommen neue Wege ein. Man mußte in Worten und Sätzen antworten, anstatt nur Kreuzchen zu machen. Es gab weder Punkte noch eine Bewertung, sondern nur den abschließenden Rat, man solle die Zeitung in der Wohnung herumliegen lassen, damit der Partner sie lesen könne. Natürlich nur, sofern man wolle, daß sich der Partner änderte. Viele Meilen voneinander entfernt machten es sich Chris und Noel, die beiden fünfunddreißigjährigen Christkinder, in ihren Sesseln bequem, um sich dem Fragenkatalog zu widmen. Er hieß »Diese kleinen ärgerlichen Marotten«; man mußte in zahlreichen Rubriken eintragen, was einen an seinem Partner insgeheim störte. Ganz oben prangte die Aufforderung:

»SEIEN SIE EHRLICH«, zusammen mit dem Hinweis, der Test sei nur sinnvoll, wenn man ganz offen ist.
Im elterlichen Wohnzimmer, wo Chris saß, vergnügten sich die Kinder mit ihren neuen Spielsachen unter dem Christbaum; ihre Schwestern unterhielten sich über weiteren Nachwuchs im kommenden Jahrzehnt, und ihre Eltern schlummerten selig in den Sesseln. Währenddessen reparierte Vaters Juniorpartner – der den Vorteil hatte, noch unverheiratet zu sein –, die Baumbeleuchtung und stattete sämtliche elektrischen Geräte, die ohne Batterie verschenkt worden waren, mit einer solchen aus.
»Nur ein Paar, das völlig verrückt ist, würde sich auf so etwas einlassen«, bemerkte er jovial, als er sah, wie Chris sich dem Fragebogen zuwandte.
Chris bedachte ihn mit einem mitleidigen Blick. Er durfte nicht von ihrem glücklichen Liebesleben erfahren, damit er es nicht ihren Eltern gegenüber ausplauderte.
»Ja, das stimmt. So etwas trauen sich nur Alleinstehende wie wir, bei denen es keine Folgen haben kann.«
Er lächelte ihr zu. Irgendwie schien er dieses Jahr verändert; vielleicht führte er ein geheimes Doppelleben. Sie hielt die Zeitung näher vors Gesicht, damit er nicht sehen konnte, mit welcher Wonne sie sich den Fragen widmete.
Mittlerweile waren Noels Kinder mit ihren Freunden spielen gegangen. Warum sollten sie noch zu Hause bleiben, meinten sie; sie hätten ihre Geschenke doch längst ausgepackt und würden nun gern drüben am

Hügel Drachen steigen lassen wie alle anderen auch. Noels Frau unterhielt sich mit ihren Eltern angeregt über das Geschäft, das sie gründen wollte. Natürlich wäre sie dann öfter einmal beruflich unterwegs, aber die Kinder seien ja nun erwachsen genug, und wenn sich Jugendliche in diesen prägenden Jahren ein bißchen um sich selbst kümmern müßten, würde das nur ihre Selbständigkeit fördern.

Noel schlug die Zeitung auf und lächelte über »Diese kleinen ärgerlichen Marotten«. Noch bevor er anfing, wußte er, daß es in seiner Beziehung mit Chris keine ärgerlichen Marotten gab, weder große noch kleine.

Wenn es hingegen ein Fragebogen zu seiner Ehefrau gewesen wäre – ha, da gäbe es einiges zu schreiben! Schon bei der allerersten Frage.

»Gebraucht Ihr Partner immer wieder eine bestimmte Redensart, die Sie zum Wahnsinn treibt?« Nein, Chris nicht. Was sie auch sagte, es waren nie alte, abgedroschene Phrasen. Aber seine Frau – wenn sie einmal am Tag »Sagen wir doch, wie's ist« von sich gab, dann mußte sie diesen Satz garantiert noch weitere vierhundertmal wiederholen. Und ihre zweite Standardphrase lautete: »Um ganz ehrlich zu sein«. Meine Güte, er hätte jedesmal einen Schreikrampf kriegen können, wenn er das hörte! Stets glaubte sie, ihm versichern zu müssen, daß sie ganz ehrlich sei, wenn sie ihm nur die alltäglichste Belanglosigkeit erzählte – etwa, wie lange sie auf den Bus gewartet oder wann jemand angerufen hatte. »Nein, um ganz ehrlich zu sein, sie hat um drei angerufen, nicht um halb drei, aber sagen wir doch, wie's ist, sie ruft wirklich täglich an.« Nein, in dieser Rubrik gab es nichts, was er Chris vorwerfen konnte. Seine Frau gebrauchte jedoch noch eine weitere Redensart, die er nicht ausstehen konnte. An jede noch so banale Aussage hängte sie ein fragendes »ja?« an. »Heute habe ich die Nachbarn nebenan getroffen, ja?« Warum konnte sie das »ja?« nicht einfach weglassen? Nur mit Mühe gelang es Noel, den aufsteigenden Ärger zu unterdrücken. Schließlich wollte er seine Beziehung mit Chris auf den Prüfstand stellen, Himmel, noch mal. Und bislang hatte er nichts an ihr auszusetzen gefunden. Also weiter, die zweite Frage. »Trägt Ihr Partner Kleidungsstücke, die Sie am liebsten in die Mülltonne schmeißen würden?« Ja, natürlich, diese unsägliche Nerzstola, zusammen mit dem ewig gleichen Spruch, der damit einherging: »Ich bin nicht dafür, daß man Tiere wegen ihres Pelzes tötet, aber bei Nerzen ist das etwas anderes, sie sind Schädlinge und haben nie in freier Wildbahn gelebt.« Doch Moment mal, das war nicht Chris, das war wieder seine Frau. Chris trug keinen Pelz, und wenn sie es täte, hätte sie nicht eine ganze Palette von Ausreden dafür parat. Sie trug hübsche, dezente Farben, ein Graublau, das mit ihrer Augenfarbe harmonierte, manchmal auch Lila; und wenn er am wenigsten damit rechnete, erschien sie in einem scharlachroten Kleid oder einem gelben Pullover. Nein, da gab es nichts in die Mülltonne zu werfen. Mit einem frohen Seufzer dachte er daran, wieviel Glück er doch in der Liebe hatte: ein

Mädchen, dem nie ein falsches Wort über die Lippen kam und das nie Kleider trug, die ihm nicht gefielen. In einem anderen Haus bemühte sich Chris gerade ebenfalls darum, ehrlich zu sein, wie es in der Überschrift verlangt wurde. Eine immer wiederkehrende Phrase? Nun, lediglich daß er jedesmal, wenn sie auswärts oder auch in Chris' Wohnung aßen, zu sagen pflegte: »Ich muß mal für kleine Jungs.« Doch das war nichts Hassenswertes. Nur ein bißchen vorhersehbar. Ach ja, und natürlich, daß er immer, wenn er ihr einen Gin Tonic mixte, sagte: »Mit Eis und Zitrone, viel besser als ohne« – als wäre ihm dieser Spruch gerade erst eingefallen. Aber er wollte damit einen Scherz machen, man mußte es nur richtig betonen. Nein, so etwas würde sie nicht aufschreiben, das wäre ein bißchen pingelig. Ihr schräg gegenüber sah sie den Juniorpartner ihres Vaters sitzen. Sie hatte das Gefühl gehabt, er habe sie angestarrt, aber wahrscheinlich war das nur Einbildung gewesen, denn er war noch immer vollauf damit beschäftigt, neue Batterien einzubauen. Anscheinend hatte er einen unerschöpflichen Vorrat davon mitgebracht – sehr umsichtig für jemanden, der selbst keine Kinder hatte. Chris wandte sich wieder der Zeitung zu. Besaß Noel irgendein Kleidungsstück, das sie am liebsten wegwerfen würde, abgesehen von den Unterhosen mit dem Aufdruck »Hot Stuff«? Nun, da gab es die rotweiß gestreifte Nachtmütze, die irgendwann einmal witzig gewesen war, die Pelzkappe aus den Tagen des Gorbatschow-Kults, die Socken, die er im Sommer immer zu den Sandalen trug, und die

Autofahrerhandschuhe, die als solche ja ganz praktisch sein mochten, aber am Steuer eines Wagens irgendwie affektiert wirkten. Doch das war eigentlich nicht der Rede wert. Nichts, worüber sie sich tatsächlich ärgerte. Nichts, wovon sie eine ganze Liste schreiben könnte.

Der Test bestand aus zwanzig Fragen. Und zwanzigmal fand Noel mindestens fünf Fehler bei seiner Frau und keinen einzigen bei seiner Freundin. Während Chris wiederum, als sie die zwanzig Fragen beantwortete, zwanzig Unzulänglichkeiten bei Noel entdeckte. Zwanzigmal war sie den Tränen nahe. Ja, er hatte tatsächlich mindestens drei unangenehme Eßgewohnheiten, und ja, es gab da zwei Anzeichen für unsolides Geschäftsgebaren, ebenso erschreckende sechs Hinweise darauf, daß er zu Niedertracht und Geiz neigte. Aber sie schrieb nichts davon auf. Wozu auch? Sie würde diesen Test nicht herumliegen lassen, um Noels Gewohnheiten zu ändern. Denn dieser Test hatte ihr die Augen geöffnet. Und während es ihr wie Schuppen von den Augen fiel, schien Noels Glorienschein zu verblassen. Sie wußte, daß er bald anrufen würde, um ihr die Passage aus Stevie Wonders Lied vorzusingen. Und sie wußte auch, was sie ihm jetzt *nicht* sagen würde: daß ihr klargeworden sei, daß er ihretwegen niemals seine Familie aufgeben würde und sie das außerdem auch gar nicht wolle. Darüber wäre er sicherlich ebenfalls erleichtert. Im Grunde war er kein schlechter Mensch, nur einer, der ihr auf die Nerven ging.

In einem anderen Haus hatte Noel gerade sieben

unangenehme Eßgewohnheiten bei seiner Frau gezählt und dermaßen viele Punkte von unsolidem Geschäftsgebaren entdeckt, daß er befürchtete, sie würde nach ihrer Geschäftsgründung unweigerlich als Schwerverbrecherin vor Gericht gestellt. Nun, erkannte er, war der Zeitpunkt gekommen, seiner Frau zu sagen, daß er sie verlassen würde. Heute, noch an diesem Tag, würde er es tun. Es war auch fairer so, dann brauchte sie bei ihren Zukunftsplänen keine Rücksicht auf ihn zu nehmen. Nie war ihm bisher bewußt geworden, wie sehr sie sich auseinandergelebt hatten. Und daß seine Kinder ihn kaum mehr brauchten. Welch eine Offenbarung!

Er würde es ihr ganz offen ins Gesicht sagen und dann Chris anrufen. Und diesmal würde er nicht unter dem Vorwand, er müsse mal für kleine Jungs, ins Schlafzimmer gehen, um anzurufen. Und auch nicht zur Telefonzelle an der Ecke. Jetzt würde er ganz ehrlich sein. Noel konnte es kaum erwarten zu hören, wie Chris reagieren würde. Vielleicht verließ sie auf der Stelle das Haus ihrer Eltern und fuhr in ihre Wohnung in der Stadt zurück. Denn was würde sie in ihrem Elternhaus noch halten? Und dann könnte er zu ihr fahren, am besten mit einer Flasche Tonicwater und einer Zitrone, um ihr einen Gin Tonic zu mixen. Es war albern, diesen Spruch ständig zu wiederholen, aber wie er nun mal wußte, war ein Gin Tonic mit Eis und Zitrone viel besser als ohne.

Wie gern wäre er jetzt bei ihr Mäuschen gewesen. Aber später, danach, würde er sie fragen, wie sie die Stunden verbracht hatte, bevor er angerufen und gesagt hatte, daß er nun frei und ungebunden sei.

Zur selben Zeit spielte Chris ein elektronisches Eishockeyspiel mit dem Freund der Familie, Vaters Juniorpartner, der zufälligerweise noch unverheiratet und recht sympathisch war.

Sie hörten als einzige das Telefon klingeln, sagten sich aber, daß es keinen Sinn habe dranzugehen. Nur Nervensägen würden an Weihnachten anrufen.

DER HARTE KERN

Im großen und ganzen konnte Ellie sie gut leiden – die alten Leute, die nach *Woodlands* gekommen waren, um dort ihren Lebensabend zu verbringen. Obwohl der Name *Woodlands* nahelegte, daß es sich um ein waldiges Eckchen handelte, gab es dort nur wenige Bäume. Aber was machte das schon, der Name war nicht schlechter als die meisten. Das Heim am anderen Ende der Straße hieß *Hafen der Ruhe* und das schräg gegenüber *Santa Rosa della Marina.* Dagegen klang *Woodlands* richtig würdevoll.

Bei den Bewohnern war Ellie beliebt, denn sie nannte sie nicht »Alterchen« oder »Schätzchen« wie manche anderen Pflegerinnen. Auch sprach sie nicht mit ihnen, als ob sie taub oder schwachsinnig seien. Und sie fragte nie: »Na, wie geht es *uns* denn heute?« Ebensowenig hielt sie es für angebracht, aus Achtung vor dem hohen Alter und dem zu erwartenden Ableben die Stimme zu dämpfen. Ellie machte keinen Hehl daraus, wenn sie verkatert war oder sich mal wieder mit einem höchst zweifelhaften jungen Mann eingelassen hatte. Sie war siebenundzwanzig, emsig, schlampig und laut. Zusammen mit dem Morgentee brachte sie Leben in die Schlafzimmer und Schwung in den Aufenthaltsraum, wenn sie am Vormittag dort den Kaffee serviert e.

Der Heimleiterin Kate Harris entlockte Ellie stets ein kopfschüttelndes Lächeln. Sicher, mit ihrem schmutzigen weißen Kittel war sie nicht gerade ein Aushängeschild für *Woodlands* ... aber bestimmt rührten die Flecken daher, daß sie einem der Bewohner in eine bequemere Lage geholfen und dabei versehentlich seinen Kaffee verschüttet hatte. Ihr Haar quoll immer wieder unter ihrem Häubchen hervor, weil sie ständig irgendwohin rannte, wo man sie gerade brauchte. Und sich nicht stundenlang im Personalraum vor dem Spiegel zurechtmachte. Ellie hatte sterbenden Menschen die Hand gehalten und mit ihnen über ihre Familien geplaudert. Wegen ihres liebenswürdigen Naturells sah man über ihre Schlampigkeit und ihren allzu vertraulichen Umgangston hinweg. Auch erinnerte sie sich, ein zusätzlicher Pluspunkt, an die Namen der Besucher, und flirtete hin und wieder mit einem der Söhne oder Enkel, die ihre Verwandten hier besuchten.

Nach Kate Harris' Meinung war Ellie bei der Wahl ihrer Männer zu leichtfertig. Insbesondere das letzte Exemplar – ein dunkler, grimmig dreinschauender Bursche mit der ärgerlichen Angewohnheit, laut zu hupen, gerade wenn sich die Heimbewohner zu Bett begaben – war nicht gerade ein Gewinn. Aber Kate Harris hatte schließlich auch kein sehr glückliches Händchen bewiesen: Ihr Ex-Ehemann hatte sie wegen einer Frau verlassen, die nur halb so alt war wie Kate.

Und die Hälfte des ehelichen Vermögens hatte sie auch nicht bekommen. Ihre Vermögensverhältnisse waren nie genau geklärt worden.
Kates Mutter hatte gleich gesagt, es sei eine große Dummheit, diesen Mann zu heiraten. Und es war doppelt und dreifach ärgerlich, daß sie recht behalten hatte. Ja, es gab buchstäblich nichts, worin sie sich je geirrt hätte. Selbst was die Zukunft anging, hatte sie ihr das Richtige geraten.
»Zieh nicht zu mir, Kate«, hatte ihre Mutter gesagt. »Binnen einer Woche wären wir Todfeinde. Bau dir was Eigenes auf. Du hattest immer einen hellen Kopf, bevor ihn dir dieser Mann verdreht hat.«
Und so hatte Kate sich entschieden, in einem Vorort von Melbourne *Woodlands* zu eröffnen, ein nur leidlich erfolgreiches Altenheim. Kate Harris seufzte. Nein, es stand ihr ganz bestimmt nicht zu, die junge Ellie wegen ihrer Unbesonnenheit bei der Wahl ihrer Männer zu kritisieren. Immerhin hatte sie ja keinen dieser Taugenichtse geheiratet.
Ellie wollte die Weihnachtsferien zusammen mit diesem dunklen, grimmigen Mann namens Dan in Sydney verbringen. Allen im Heim hatte sie von dem Apartment erzählt, das ihr Freund gemietet hatte. Nun ja, mieten würde. Von Bekannten beziehungsweise von Freunden seiner Bekannten. Sie würden vier Tage vor Weihnachten fahren, oder vielleicht auch drei. Ohne Hektik oder Eile. Es würde einfach großartig werden. Doch als gestern jemand gefragt hatte, ob sie dort Meerblick hätten, hatte sich Ellie auf die Unter-

lippe gebissen und gesagt, ja, natürlich. Wahrscheinlich.

Kate Harris hatte den Eindruck gewonnen, daß sich die Sache mit Dan und dem Apartment nicht wunschgemäß entwickelt hatte. Doch was ging das sie an, sollten die beiden das unter sich ausmachen. Kate war schließlich nicht Ellies Mutter. Wie käme sie dazu, ihr Ratschläge zu erteilen oder sie zur Vorsicht zu mahnen?

In *Woodlands* lebten zweiunddreißig Menschen, von denen achtundzwanzig Weihnachten woanders verbringen würden. Doch vier – der harte Kern – würden bleiben. Aber damit würde Kate Harris allein zu Rande kommen, sie hatte das letztes und vorletztes Jahr auch geschafft. Es waren die Nörgler, die blieben, die Wichtigtuer und Jammerlappen. Kein Wunder, daß niemand sich von ihnen das Weihnachtsfest verderben lassen wollte.

Achtundzwanzig alte Menschen würden abgeholt und zu ihren Kindern und Enkeln gefahren werden, oder auch zu ihren Nichten oder den Kindern ihrer Cousins. Sie würden am Weihnachtstag angesichts des festlichen Barbecues lächeln, all die Männer und Frauen, die vorher Geschenke aus einem Katalog ausgesucht hatten oder eine Kiste guten Weins von einem Weingut hatten liefern lassen. Nach ihrer Rückkehr würden sie Fotos vom Weihnachtsfest und von Neujahr herumzeigen.

Doch der harte Kern würde finster dasitzen, keine Miene verziehen und wie immer gleichgültig weghören, wenn die anderen von ihren Erlebnissen berichteten. Kate seufzte. Es war nicht gerade verlockend, Weihnachten auf diese Art und Weise zu feiern – indem sie den Klageliedern des harten Kerns lauschte. Doch das war sie ihnen schuldig. Sie zahlten schließlich dafür, daß sie hier lebten. *Woodlands* war ihr Zuhause. Wenn es keinen anderen Ort gab, wo sie Weihnachten verbringen konnten, dann durfte Kate sie nicht einfach auf die Straße setzen. Sie konnte nicht sagen, *Woodlands* sei über Weihnachten geschlossen, dann die vier auf *Santa Rosa della Marina* und *Hafen der Ruhe* verteilen und nach Weihnachten wieder einsammeln. Weihnachten war sowieso schon eine schwierige Zeit, mit so vielen Erinnerungen behaftet. Und außerdem war Kate ganz froh, daß sie beschäftigt war; dann kam sie nicht dazu, an ihren Ehemann, ihre unglückliche Ehe und die einsamen Jahre seither zu denken.

Der Anruf von Darwin traf sie völlig unvorbereitet. Fünf Tage vor Weihnachten, als die Bewohner sowie die Angestellten langsam in einen gemächlicheren Trott verfielen, erfuhr Kate, daß ihre Mutter einen Schlaganfall erlitten hatte. Sie lag im Krankenhaus, mehrere Flugstunden und eine lange Autofahrt entfernt.

Sie würde den harten Kern umsiedeln müssen. Kate stieß einen tiefen Seufzer aus. Zumindest lenkte sie das von der Sorge um ihre Mutter und tausend widerstreitenden Gefühlen ab, die sie seit dem Anruf quälten. Sollte sie zuerst im *Hafen der Ruhe* anrufen? Dort würden sie vielleicht Donald nehmen. Ja, vielleicht, obwohl er ein griesgrämiger Choleriker war, der immer gebieterisch seinen Stock schwang. Doch im *Hafen der Ruhe* war man wählerisch; man wollte kein Heim für Krethi und Plethi sein. Und Donald war das Vornehmste, was der harte Kern zu bieten hatte. Sie fragte sich, ob es schwieriger werden würde, den *Hafen der Ruhe* oder Donald zu überreden. Und dann war da Georgia. Sie würde *Santa Rosa della Marina* einfach gräßlich finden und sagen, daß Italiener und Spanier zwar wunderbare Dienstboten seien, aber doch wirklich keine Leute, mit denen man verkehrte. Im *Hafen der Ruhe* war sie früher einmal gewesen, aber jetzt hatte sie dort Hausverbot – also kam nur *Santa Rosa* in Frage. Und wo sollte sie Hazel und Heather unterbringen, die beiden Schwestern, die einander noch mehr haßten als den Rest der Welt? Sie brachten ihre Tage damit zu, Intrigen zu spinnen, sich gegenseitig eins auszuwischen und einander zu schikanieren. Den Kopf in die Hände gestützt saß Kate bereits eine Weile da, als Ellie vorbeikam und sie sah.

»Ein paar Gläschen zuviel gestern abend?« erkundigte sich Ellie. Sie schloß gern von sich auf andere.

»Nein, Ellie. Vielleicht überrascht Sie das, aber es ist nicht meine Art, betrunken zum Dienst zu erscheinen.«

»Entschuldigung. Aber Sie sehen aus, als hätten Sie einen schweren Kopf.«

»Meine Mutter hatte einen Schlaganfall. Ich muß *Woodlands* über Weihnachten schließen. Das heißt, daß ich den harten Kern umsiedeln muß. Genug Grund für Kopfschmerzen?«

In Ellies Gesicht spiegelten sich Besorgnis und Mitgefühl; sie erkundigte sich nach dem genauen Zustand von Kates Mutter, ob sie noch sprechen und welche Körperteile sie noch bewegen könne, welche Prognose die Ärzte stellten? Nicht zum erstenmal bedauerte Kate, daß Ellie keine Ausbildung zur Krankenschwester oder medizinisch-technischen Assistentin gemacht hatte; sie wäre genau die Richtige für diesen Beruf gewesen. Statt dessen verschwendete sie ihre Zeit mit diesem Nichtsnutz Dan, dem Burschen mit den dunklen Augen, dem leeren Blick und den unsicheren Plänen für Weihnachten.

»Doch was soll's, Ellie. Das ist nun einmal die Last, die man zu tragen hat, wenn man eine Goldmine wie diese sein eigen nennt und damit Millionen scheffelt.« Kates Stimme klang bitter. Denn es war allgemein bekannt, daß *Woodlands* gerade so über die Runden kam, und das auch nur, weil Kate praktisch Tag und Nacht arbeitete.

»Sie werden Donald in hohem Bogen rausschmeißen«, unkte Ellie.

»Vielleicht hätten *wir* das schon vor langer Zeit tun sollen«, seufzte Kate und nahm ihr Telefonbuch zur Hand.

»Aber was ist mit Georgia? Sie hat Hausverbot im *Hafen der Ruhe,* das wissen Sie doch.«

»Ja, ich weiß. Weshalb ich die Zähne zusammenbeißen und das *Santa Rosa* beknien werde.«

»Was für ein Jammer, daß sonst niemand hier ist …«, überlegte Ellie.

»Stimmt. Aber so ist es nun mal. Ich kann doch keine Pflegerin hier bitten, sämtliche Pläne für Weihnachten umzuwerfen und statt dessen beim harten Kern zu bleiben. Kein Geld der Welt könnte einen dafür entschädigen.«

»Ja, ich weiß«, erwiderte Ellie.

Kate musterte sie mit durchdringendem Blick. War es möglich, daß Dan noch finsterer und grimmiger war als sonst und womöglich Weihnachten vergessen hatte? Nun, das konnte sie schlecht fragen. Deshalb griff sie zum Telefon und wählte die Nummer des *Santa Rosa.*

»Warten Sie einen Moment«, sagte Ellie.

Erleichtert legte Kate den Hörer wieder auf.

»Ich könnte eine Menge Geld brauchen«, meinte Ellie.

»Das sollen Sie haben.«

»Und die doppelte Zeit frei danach.«

»Abgemacht.«

»Denn wissen Sie, ich würde gern in einer Schönheitsfarm eine Grunderneuerung machen lassen, oder wie sie das nennen. Wie sich jetzt herausgestellt hat, steht er nämlich mehr auf jüngere, schlankere Mädchen.«

»Da sind sie alle gleich, einer wie der andere«, nickte Kate bitter.

»Deshalb werde ich nach Neujahr zwei Wochen lang so eine Kur machen, mir ein neues Aussehen zulegen und dann mit Dan wegziehen.«

»Wie Sie wollen«, erwiderte Kate, die kaum ihren Ohren zu trauen wagte.
»Also, los! Packen Sie Ihren Koffer, und fahren Sie zu Ihrer Mutter«, sagte Ellie.
»Sie wissen, wie schrecklich der harte Kern ist?«
»Ich weiß. Aber wir haben noch nicht darüber gesprochen, wieviel Geld ich kriege.«
»Es geht um eine Woche. Fünf Wochengehälter.«
»Sechs.«
»Ach, kommen Sie, Ellie …«
»Denken Sie an Georgia in *Santa Rosa,* stellen Sie sich Donald im *Hafen der Ruhe* vor.«
»Na schön, sechs. Aber Sie müssen ordentliche Mahlzeiten kochen und nett zu ihnen sein.«
»Abgemacht.«
Der harte Kern war nicht gerade erfreut zu hören, daß Ellie die Weihnachtsbetreuung übernommen hatte.
»Schlampe, jawohl, so hätte man eine wie sie früher genannt«, meinte Donald.
»Und sie ist nicht mal Krankenschwester, nur Pflegerin. Also eine von den Dienstboten«, nickte Georgia.
»Wahrscheinlich hat ihr Freund sie sitzenlassen«, mutmaßte Heather gegenüber Hazel.
»Zumindest *hatte* sie einen Freund. Das ist mehr, als du von dir behaupten kannst«, gab Hazel ihrer Schwester zur Antwort.
Vom Flughafen aus rief Kate Harris noch einmal an. »Ich muß verrückt gewesen sein«, sagte sie zu Ellie. »Bei mir ist bestimmt eine Schraube locker. Sonst hätte ich sie nie und nimmer bei Ihnen gelassen.«

»Danke für das Vertrauen«, erwiderte Ellie.
»Das geht nicht gegen Sie persönlich. Aber hören Sie, es ist noch nicht zu spät. Der *Hafen der Ruhe* schuldet mir noch den einen oder anderen Gefallen. Sie werden Donald nehmen, und vielleicht auch die schrecklichen Zwillinge.«
»Sie wissen ganz genau, daß Hazel elf Monate älter ist.«
»Hören Sie, Ellie, jetzt ist nicht die Zeit für Haarspaltereien.«
»Wenn ich mich bis zu Ihrer Rückkehr um den harten Kern kümmern soll, dann überlassen Sie besser mir die Entscheidung, was wichtig ist und was nicht. Jetzt steigen Sie endlich ins Flugzeug, Kate, und seien Sie nett zu Ihrer Mutter, Himmel noch mal.«
»Ellie, bitte vergraulen Sie sie nicht. *Woodlands* ist alles, was ich noch habe. Wenn die vier wegziehen, können wir den Laden dichtmachen.«
»Gute Reise, Kate«, sagte Ellie und legte auf.
Dann straffte sie die Schultern und wappnete sich für den gesammelten Mißmut des harten Kerns. Es war schwer genug, die vier eine ganze Woche lang zu ertragen. Und dann noch in dem Wissen, daß die finanzielle Lage des Heims weit düsterer war als angenommen.
»Wahrscheinlich wird sie am Essen sparen und das Geld in die eigene Tasche stecken«, vermutete Donald, dessen Gesicht allein beim Gedanken daran vor Ärger dunkelrot anlief.
»Ihr würde es allerdings nicht schaden, ein bißchen

weniger zu essen. Dann hätte sie ihren Freund vielleicht noch«, meinte Heather.

»Woher willst du denn bitte schön wissen, was einem Mann gefällt und was nicht«, hielt ihr Hazel entgegen.

»Das ist jedenfalls das letzte Weihnachten, das ich in diesem Haus verbringe«, grummelte Georgia. »Schlimm genug, wie Miss Harris uns die letzten Jahre allein versorgt hat. Nur weil sie Geld sparen wollte, hat sie das Personal in Urlaub geschickt. Aber uns der Obhut einer Pflegerin zu überlassen! Einfach unerhört!« Georgia schnaubte, daß es klang wie ein Peitschenknall.

»Zumindest gibt es eine Köchin im *Santa Rosa*«, nickte Hazel.

»Und ein bißchen Gesellschaft für die Festtage«, stimmte Heather zu.

»Im *Hafen der Ruhe* ist man doch wenigstens unter seinesgleichen ... der Pöbel bleibt außen vor«, sinnierte Donald und warf Georgia einen bedeutsamen Blick zu. Es hatte sich längst herumgesprochen, daß Georgia dort in Ungnade gefallen war.

Ellie wurde das Herz schwer. Denn ihretwegen wollten vier Menschen, ein Achtel der Heimbewohner, *Woodlands* – Kate Harris' ein und alles – verlassen. Womöglich noch an Weihnachten, im Rampenlicht der Öffentlichkeit und vor laufender Kamera. Vor ihrem geistigen Auge sah sie schon, wie Donald Interviews gab und dabei seinen Stock schwenkte, während er die Straße in Richtung *Hafen der Ruhe* überquerte. Ja, sie hörte seine Worte so deutlich, als sei es bereits passiert;

und sie stellte sich Kates Gesicht vor, die am anderen Ende von Australien ebenfalls Zeuge des Exodus wurde. Das Heim würde schließen. Kate würde ihr ganzes Geld verlieren, weil sie jeden Penny hineingesteckt hatte. Ellie hätte keinen Arbeitsplatz mehr. Und achtundzwanzig Menschen würden aus den Weihnachtsferien zurückkehren und feststellen, daß der Eingang zu ihrem Heim versiegelt war. Zudem würde man diese vier alten, unerträglichen Nervensägen woanders unterbringen müssen. Keine leichte Aufgabe.

Und all das einzig und allein deshalb, weil der harte Kern – diese Egoisten! – nicht wahrhaben wollte, daß Weihnachten für eine Menge Leute die Hölle auf Erden sein konnte und daß sie ihr Schicksal selbst in der Hand hatten. Wirklich jammerschade, daß sie Kate versprochen hatte, die vier nicht zu vergraulen. Es hätte so gut getan, dem harten Kern mal unter die Nase zu reiben, was sie da aufs Spiel setzten.

»Das Heim wird schließen«, hörte sich Ellie sagen. »Wegen euch vieren, nur euretwegen. Na ja, wir anderen werden es schon irgendwie überstehen. Kate wird zumindest für das Grundstück und das Haus etwas bekommen, wenn auch nicht für all ihre Mühe. Die anderen Bewohner sind umgängliche Menschen, sie werden ohne Schwierigkeiten in anderen Heimen unterkommen. Und ich finde sonstwo einen Job. Da ihr mir ja ständig unter die Nase reibt, daß ich nichts weiter als ein Dienstmädchen bin – nun, Dienstmädchen sind sehr gefragt. Doch für euch vier sieht es düster aus. Ich frage mich, wo ihr nächstes Weihnachten wohl sein werdet. Egal, wo ich dann bin. Ich werde jedenfalls an euch denken, an jeden einzelnen von euch, und mir diese Frage stellen.«

Darauf folgte Stille.

Ellie konnte nicht fassen, daß sie es tatsächlich ausgesprochen hatte. Nur fünf Minuten nachdem Kate sie auf dem Weg ans Krankenbett ihrer gelähmten Mutter angefleht hatte, sie nicht zu vergraulen. Wie hatte sie nur so egoistisch und gedankenlos sein können? Aber nun war es ausgesprochen. Sie konnte es nicht ungeschehen machen. Mit keinen Worten der Welt ließ sich diese Beleidigung, diese Kränkung zurücknehmen. Ellie wagte kaum, den Kopf zu heben.

Doch zu ihrer Überraschung war Donald nicht im Begriff, empört mit dem Stock auf den Boden zu hämmern; Georgia schnaubte nicht ungnädig wie sonst; und weder Hazel noch Heather äußerten, daß Ellie wohl kaum Chancen bei Männern hätte, wenn dies ein Beispiel ihres üblichen Betragens sei.

Die Stille wirkte wesentlich eindrucksvoller, als Worte es hätten sein können. Denn Schweigen war nicht gerade ein Wesenszug des harten Kerns.

Als Ellie sie schließlich näher anschaute, sah sie den Schrecken in ihren Gesichtern. Die vier schienen um Jahre gealtert. Und sahen zum erstenmal so aus, wie sie wirklich waren: alt, gebrechlich, verängstigt. Ellies Augen füllten sich mit Tränen. Sie weinte wegen der Zukunft, die vor ihnen lag – und die vor ihr lag, wenn sie einmal in ihrem Alter sein würde. Sie weinte bittere Tränen der Scham, weil sie ihnen wehgetan hatte. Und sie weinte, weil sie keine Ahnung hatte, wie es nun weitergehen sollte.

Nach dem vielleicht längsten Schweigen, das je in *Woodlands* geherrscht hatte, ergriff Donald das Wort. Dabei schwenkte er allerdings weder den Stock, noch lag das höhnische Grinsen auf seinem Gesicht, das Ellie für eingemeißelt gehalten hatte.

»Was sollen wir also tun?« fragte er.

Auch Georgia sah aus wie ein verängstigtes Kind. »Es ist ja nun nicht gerade der *schlechteste* Platz auf der Welt. Und selbst wenn Sie keine richtige Ausbildung haben, Ellie, sind Sie doch … nun, sehr nett. Im *Hafen der Ruhe* waren sie nicht nett. Sogar wenn man mich wieder dort aufnehmen würde, was aber wahrscheinlich nicht der Fall ist …«

Mit offenem Mund starrte Ellie sie an, denn dieses Thema galt als Tabu. Und jetzt hatte Georgia es selbst angeschnitten.

Heather wimmerte leise vor sich hin, doch Hazel faßte nach ihrer Hand. »Na, na, ist ja gut, Heather. Ich bin doch da. Hazel ist bei dir. Habe ich nicht immer gewußt, was das Beste für mein kleines Schwesterchen ist?«

Geräuschvoll putzte sich Ellie die Nase, doch irgendwie mußte sie daraufhin nur noch mehr heulen. Dan war auf dem Weg nach Gold Coast, um einen Job zu erledigen. In letzter Minute hatte man ihm angeboten, eine Fuhre langbeiniger Mädchen in ein Urlaubscamp und zurück zu fahren … Dafür hatte Ellie doch sicher Verständnis. Und für Weihnachten hatten sie ja auch noch nichts Festes ausgemacht, nicht wahr? ... Dan hatte sie bekümmert angesehen, und Ellie war zu verletzt, zu erschöpft und zu traurig gewesen, um ihm zu sagen, daß sie es für fest ausgemacht gehalten und sich sehr darauf gefreut hatte. Und nun wurde Kate Harris, die wie ein Pferd arbeitete und das ganze Leben nicht den Mut verloren hatte, obwohl dieser Schuft von einem Ehemann sie schnöde hatte sitzenlassen, erneut vom Schicksal gebeutelt: Ihr Heim stand vor dem Ruin, ihre Mutter wurde ein Pflegefall. Doch am traurigsten von allem waren diese vier selbstzerstörerischen alten Menschen, die sie angstvoll anstarrten.

»Ich habe keine Ahnung, was wir tun können.« Erstmals sprach Ellie mit Donald wie mit ihresgleichen. »Das Heim macht praktisch keinen Gewinn, und wenn sich Kate längere Zeit um ihre Mutter kümmern muß, hat sie nicht das Geld, eine Fachkraft als Ersatz einzustellen.«

Georgia biß sich auf die Unterlippe. »Eigentlich brauchen wir gar keine Fachkräfte hier. Wir kommen auch so gut zurecht«, meinte sie dann.

»Aber Kate ist ausgebildete Krankenschwester, vielleicht verliert sie ihre Lizenz ...«

»Was brauchen wir eine Krankenschwester?« meinte Hazel entschieden. »Schließlich sind wir kerngesund, nicht wahr, Heather?«

»Kerngesund«, wiederholte Heather folgsam.

»Aber es kommen auch keine neuen Leute, und Werbeanzeigen kann sich Kate nicht leisten ...«

»Wir könnten Mundpropaganda machen«, schlug Donald vor. »Anderen Leuten schreiben und erzählen, wie prima es hier ist.«

»Wenn sie dann aber herkommen, erzählen Sie ihnen nur, daß man hier vergiftet wird«, entgegnete Ellie heftig.

»Nein, nein, das wird sich alles ändern.« Es klang, als meinte Donald es ernst.

»Ich könnte versuchen, ein paar Leute vom *Hafen der Ruhe* hierher zu locken«, überlegte Georgia.

»Das würde Kate nicht wollen. Wir wildern nicht im fremden Revier – das war immer ihre Maxime.«

»Aber wir könnten Kontakt zu unserer alten Schule aufnehmen, Heather«, regte Hazel an. »Vielleicht wüßten eine Menge Schülerinnen unseres Jahrgangs gern, wo man gut unterkommen kann.«

»Und alte Knaben, die gleichzeitig mit mir in den Ruhestand gegangen sind«, ergänzte Donald. »Da gibt es eine Mitarbeiterzeitung, dort könnte ich einen Artikel schreiben. Mit Worten konnte ich schon immer gut umgehen. Da schildere ich dann, wie sehr wir die Zeit hier genossen haben ...«

»Aber Sie *hassen* das Heim, Donald, Sie verabscheuen *Woodlands* aus tiefstem Herzen. Es hat doch keinen Sinn, den Leuten erst den Mund wäßrig zu machen und ihnen dann vorzujammern, daß man mit Strohköpfen und Gesindel unter einem Dach hausen muß.« Ellie wollte auf keinen Fall, daß Kate sich Hoffnungen machte, die dann wie Seifenblasen zerplatzten.

»Das würde ich nicht, wenn ...« Donald beendete den Satz nicht.

»Sie können sich nicht über Nacht ändern ... das kann niemand«, beharrte Ellie. »Und keiner hier wünscht sich sehnlicher als ich, daß dieses Heim bestehenbleibt, aber ... Sie sind doch alle alt genug, um zu wissen, daß es vielleicht nur ein Traum ist.«

Doch da sah sie das hoffnungsvolle Leuchten in ihren Augen. Und Ellie wurde schlagartig klar, daß die Leute hier niemals gedacht hätten, sie, Ellie, hätte auch nur einen Funken von Interesse an *Woodlands*. Schließlich hatte sie ihnen immer nur von ihren durchzechten Nächten und dem Kater am nächsten Tag erzählt, und von den Typen, mit denen sie kurzlebige Affären hatte. Vielleicht sahen die vier sie jetzt zum erstenmal in einem anderen Licht. Wie auch sie plötzlich spürte, daß dieses Heim ihr gutgetan hatte und in vielerlei Hinsicht zum Zuhause geworden war.

»Als ich noch im Geschäftsleben stand«, meinte Donald, »haben wir beim ersten Anzeichen von Schwierigkeiten immer eine Konferenz einberufen.«

»Und als ich noch meine berühmten Gesellschaften gab, wo sich jeder, der in diesem Land Rang und Namen hatte, um eine Einladung bemühte, habe ich immer als erstes eine Liste geschrieben«, erklärte Georgia.

»Heather und ich haben früher den Haushalt für unseren Vater geführt«, erinnerte sich Hazel. »Und da haben wir stets zuerst überlegt, was das Schlimmste wäre, was passieren könnte, und erst mal Vorkehrungen dagegen getroffen.« Stolz lächelte Heather ihre ältere Schwester an.

»Wirklich eine gute Idee«, pflichtete Donald bei, »zunächst einmal das Schlimmste zu verhüten.«
Ellie rückte einen Tisch heran, und sie setzten sich rundum.
Sie würden sich über die Feiertage mit schlichten Mahlzeiten begnügen und auf Festessen verzichten. Auf diese Weise würden sie schon mal ein bißchen Geld sparen, das Kate anderweitig verwenden konnte.
»Und ich verzichte auf die Zulage, die ich für diese Woche bekommen sollte«, bot Ellie an.
Wieviel das denn war, wollten sie wissen, und schüttelten entgeistert den Kopf, als sie hörten, daß Ellie Kate das sechsfache Wochengehalt abgeluchst hatte.
»Aber ihr vier seid *wirklich* schrecklich«, sagte Ellie, und sie nickten. Beinahe stolz.
Dann listeten sie die Personen auf, denen sie mitteilen wollten, wie prachtvoll es sich in *Woodlands* leben ließ. Vielleicht sollten sie einem lokalen Fernsehsender, passend zur Weihnachtszeit, ein rührendes Interview anbieten: wie vier alte Leute sämtliche Einladungen ihrer Verwandten ausgeschlagen hatten, weil sie Weihnachten lieber gemeinsam in ihrer vertrauten Umgebung feiern wollten.
»Das wird die Verwandten aber überraschen!« kicherte Georgia.
»Geschieht ihnen ganz recht«, lachte Donald.
Kaum war Kates Flugzeug gelandet, rief sie erneut in *Woodlands* an.
»Sagen Sie mir, daß alles in Ordnung ist, Ellie«, bat sie.

»Wollen Sie sich das etwa zur täglichen Gewohnheit machen und den eh schon mageren Gewinn der Telefongesellschaft in den Rachen werfen?«
»Sie müssen gerade reden, mit ihrem sechsfachen Gehalt«, entgegnete Kate bissig.
»Ach ja. Das habe ich mir noch mal durch den Kopf gehen lassen.«
»Was soll das heißen? Wollen Sie mich noch mehr ausnehmen?«
»Nein, nein. Aber das doppelte Gehalt ist genug.«
»Ellie, sagen Sie mir ehrlich, ist einer von den vieren noch am Leben?« fragte Kate in flehendem Ton.
»Sprechen Sie kurz mit ihnen, sagen Sie schnell ›Frohe Weihnachten‹, und dann legen Sie auf. Wir haben schließlich keinen Goldesel hier, der Dukaten scheißt«, befahl Ellie.
Alle sagten kurz »hallo«.
»Wir haben beschlossen, nicht übertrieben freundlich zu sein, damit sie nichts merkt«, erklärte Donald.
»Das höhere Management denkt eben mit«, lobte Ellie und wurde dafür mit dem ersten herzlichen Lächeln belohnt, das Donald in *Woodlands* zustande brachte.
Spät am Abend schmiedeten sie immer noch Pläne, dabei tranken sie heiße Schokolade und aßen Kekse. Plötzlich ertönte ein lautes Hupen.
»Ihr Kavalier«, sagte Heather.
»Er soll kommen und an die Tür klopfen wie jeder andere Mensch auch«, meinte Ellie.
Dan trat ein. »Hast du mich nicht gehört?« fragte er. »Ich wollte dir sagen, daß du mitfahren kannst und

dort helfen. Ich habe sie gefragt und ihnen gesagt, daß du eine erfahrene Kraft bist. Hab' ihnen allerdings nicht gesagt, *wo* du arbeitest.«

»Ach, nein?« meinte Ellie.

Der harte Kern schüttelte die Köpfe.

»Du kannst also mitkommen und mir bei der Fahrt Gesellschaft leisten.«

»Frohe Weihnachten, Dan«, erwiderte Ellie nur.

»Heißt das ja oder nein?« fragte Dan.

»Es ist Greisensprache für »verschwinde!«

Schweigend saßen sie da und hörten, wie sein Auto davonbrauste.

Es war noch nicht zu spät, Weihnachtsgrüße zu verschicken. Allerdings mußten sie die Karten am nächsten Morgen zur Post bringen. Und dann hatten sie ein paar Anrufe zu erledigen. Sie wollten sich bei alten Bekannten melden, die sie aus den Augen verloren oder zu denen sie – wegen wirklicher oder eingebildeter Kränkungen – den Kontakt abgebrochen hatten. Alle diese Leute wollten sie einladen, sie zwischen Weihnachten und Neujahr zu besuchen.

»Allerdings sieht es hier ein bißchen schäbig aus«, überlegte Georgia. »Vielleicht wirkt das Haus nicht elegant genug auf sie. Ihr wißt ja, manche Menschen urteilen nur nach dem Äußeren.«

Und sie vereinbarten, Jugendliche aus der Stadt zum Weißeln kommen zu lassen. Andere sollten im Garten helfen und die Blumenkästen herrichten. Zusammen mit Kirchen- und Stadtteilgruppen würden sie das schon hinkriegen.

Am Weihnachtstag waren sie gerade beim Grillen, als das Telefon läutete. Georgia ging an den Apparat.
»Ah, Kate, sprechen Sie lieber nicht mit Ellie, sie ist sturzbetrunken. Donald hat darauf bestanden, daß wir Wein für sie besorgen. Denn sie war absolut großartig. Doch sagen Sie, wie geht es Ihrer Mutter?«
Kate verschlug es die Sprache, und sie mußte sich im Krankenhauskorridor auf den nächstbesten Stuhl setzen. Ellie war betrunken. Georgia war fröhlich. Donald hatte darauf bestanden, Ellie Wein zu schenken. Und sie erinnerten sich sogar daran, daß ihre Mutter im Krankenhaus lag. Die Welt ging aus den Fugen.
»Ich werde wohl bald zurück sein«, brachte Kate schließlich mit gepreßter Stimme heraus.
»Aber doch erst, wenn Ihre Mutter transportfähig ist«, meinte Georgia munter.
»Transportfähig?« krächzte Kate.
»Na ja, Sie werden sie doch wohl mit nach Hause bringen? Davon ist das Komitee jedenfalls ausgegangen.«
»Welches Komitee?«
»Tja, wir haben lange nach einem Namen gesucht. Und schließlich haben wir beschlossen, uns einfach ›Der harte Kern‹ zu nennen«, erklärte Georgia mit demselben Lächeln, für das sie vor Jahren berühmt gewesen war – bevor sie sich mit jedermann überwarf und schließlich ohne Freunde dastand.
Viele Meilen entfernt saß Kate, den Telefonhörer in der Hand, vor der Station, wo ihre Mutter allmählich wieder genas; allerdings würde sie in Zukunft ständige

Pflege brauchen. Und Kate wagte kaum zu glauben, was sie da an wahrer weihnachtlicher Gesinnung hörte.
»Sie sollten jetzt wohl lieber auflegen, Kate. Ellie hat gesagt, daß wir alle sehr sparsam sein müssen, wenn wir wirklich wollen, daß *Woodlands* blüht und gedeiht.«
»Ellie hat das gesagt?« Kates Stimme war nur mehr ein Flüstern.
»Wenn sie nüchtern ist, und das ist sie ja die meiste Zeit, ist Ellie wirklich ein Prachtkerl«, erklärte Georgia in einem Tonfall, der nahelegte, daß Kate wohl als einzige daran zweifelte.
»Die besten Grüße und herzlichen Dank an den harten Kern«, sagte Kate.
Georgia freute sich. Und sie war überrascht.
»Sie haben sich den Namen gemerkt«, meinte sie erfreut. »Ich glaube, es besteht wahrlich noch Hoffnung für dieses Heim.«

MISS MARTINS GRÖSSTER WUNSCH

Elsa Martin war noch nie in New York gewesen. Aber sie besaß einen Reisepaß und sogar ein Visum für die Vereinigten Staaten. Es stammte noch aus der Zeit, als sie glaubte, sie würde die Flitterwochen in Florida verbringen.

Aus der Zeit, als sie noch geglaubt hatte, sie würde einmal Flitterwochen verleben.

Der Reisepaß lag in derselben Schublade, in der sie Großmutters kleines silbernes Abendtäschchen und das Album mit den vielen Glückwunschkarten aufbewahrte, die die Kinder »ihrer« Miss Martin geschrieben hatten. Eigentlich hätte sie sie wegwerfen sollen, aber die Kleinen hatten sich soviel Mühe damit gemacht, mit all den Hufeisen und Hochzeitsglocken, dem Glitter und den Verzierungen. Es wäre gewesen, als hätte man Blumen abgezupft oder Muscheln zertreten.

Eine Zeitlang hatte sie auch Tims Briefe hier aufgehoben, samt dem einen, in dem er schrieb, er habe sie nie richtig geliebt und könne sie nicht heiraten, wofür er sie um Verzeihung bitte. Aber nach einem Jahr hatte Elsa ihn dann verbrannt, weil sie sich dabei ertappt hatte, wie sie ihn immer und immer wieder las. Als hoffte sie, etwas darin zu finden: eine Erkenntnis oder den Grund, warum er sie verlassen hatte, oder einen Hoffnungsschimmer, daß er vielleicht doch zurückkehren würde.

Alle sagten, Elsa habe sich fabelhaft gehalten und Tim sei ein Schwein und habe den Verstand verloren. Zum Glück sei sie ihn los, meinten sie und bewunderten sie, weil sie die Absage – zehn Tage vor der Hochzeit – so gelassen hingenommen hatte. Sämtliche Geschenke hatte sie mit einem höflichen, unverbindlichen Begleitschreiben zurückgeschickt: »Da wir uns in beiderseitigem Einvernehmen nun doch gegen eine Heirat entschieden haben, möchten wir Ihnen Ihr großzügiges Geschenk zurücksenden und uns für Ihre guten Wünsche bedanken.« Und im darauffolgenden Schuljahr hatte sie wieder unterrichtet, als wäre nichts gewesen. Als wäre ihr Herz nicht entzweigebrochen.

Die Kinder zeigten weniger Zurückhaltung.

»Sind Sie sehr traurig, daß Sie nicht heiraten konnten, Miss Martin?« fragte eins der Kinder.

»Ein bißchen, aber nicht sehr«, räumte sie lächelnd ein.

Im Lehrerzimmer fragte niemand nach, warum die Hochzeit geplatzt war, und Elsa wollte es auch niemandem erzählen. So blieb die Sache auf ewig ein ungelöstes Rätsel. Wahrscheinlich hatten sie nicht zueinander gepaßt, mutmaßte man. Wie gut, daß sie es noch rechtzeitig herausgefunden hatten!

Elsas Schwestern hatten Tim nie leiden können wegen

seiner Schweinsäuglein. Ihre kleine Schwester sei noch einmal mit einem blauen Auge davongekommen, sagten sie zueinander. Doch in Elsas Gegenwart verloren sie nie ein Wort darüber.

Elsas Freundinnen hatten Tim nicht näher kennengelernt. Und in ihr Mitgefühl mischte sich eine gewisse Erleichterung. Dieser Tim war plötzlich wie aus dem Nichts aufgetaucht und hatte Elsa völlig den Kopf verdreht. Vielleicht war diese Liebe von Anfang an zum Scheitern verurteilt gewesen.

Und so verging die Zeit. Mittlerweile lag es fünf Jahre zurück. Die Kinder wurden größer und vergaßen, daß Miss Martin jemals hatte heiraten wollen und sie ihr sogar Glückwunschkarten gebastelt hatten. Auch bei den Kollegen in der Schule geriet die Sache in Vergessenheit. Wenn ein neuer Lehrer kam und sich nach Miss Martins Privatleben erkundigte, mußten sie in ihrer Erinnerung kramen, was damals, vor Jahren, passiert war. Eine Hochzeit, die im letzten Moment abgesagt worden war? Für die Kolleginnen und Kollegen hatte das keine nennenswerte Bedeutung gehabt. Doch für Elsa war es ein Schlüsselerlebnis gewesen. Sie versuchte alles Erdenkliche, um jene eine Frage aus ihrem Kopf zu verbannen, die sie immer wieder quälte: Wie konnte jemand zu ihr sagen, sie sei eine wundervolle Frau, mit der er sein Leben, seine Hoffnungen und seine Träume teilen wolle, und dann, von einem Tag auf den anderen, behaupten, das sei alles ein Irrtum gewesen? Wenn sie nicht etwas Falsches gesagt oder getan hatte, dann mußte es an ihrer Person als solcher liegen. Es war nicht leicht, mit so etwas fertig zu werden, aber man mußte natürlich so tun, als ob man es überwunden hätte. Sonst bekam man zu hören, man sei ein Trauerkloß, und jeder versuchte einen auf andere Gedanken zu bringen, was auf Dauer ermüdend und enervierend war. Elsas Freundinnen glaubten, sie würde von ihren schulischen Verpflichtungen sehr in Anspruch genommen, während ihre Kollegen der Meinung waren, sie unternehme viel mit ihrem Freundeskreis. Es war leicht, sich in sich selbst zurückzuziehen, und nichts anderes wollte sie.

Weihnachten galt von jeher als eine kritische Zeit, in der einsamen Menschen schmerzlich bewußt wird, was ihnen fehlt; aber merkwürdigerweise ging es Elsa an Weihnachten nicht schlechter als sonst. Einmal verbrachte sie den Festtag bei einer ihrer Schwestern, die in einem Haus im Süden Londons lebte. Dort herrschte ein spannungsgeladenes Klima, und ein großer Teil der Gespräche drehte sich um Alkohol und um die Frage, ob Elsas Schwager diesem zu sehr zusprach. Im nächsten Jahr besuchte sie eine andere Schwester, wo sie die meiste Zeit in der chaotischen Wohnung kochte und aufräumte. Dann war sie einmal bei einer Kollegin eingeladen gewesen, wo es Weihnachtslieder bis zum Überdruß gab, dafür aber nicht genug zu essen. Und letzte Weihnachten war sie durchs schottische Hochland gewandert, mit einer frisch geschiedenen Freundin, die sich unentwegt über die angeborene Schlechtigkeit der Männer ausließ und meinte, man sollte sie samt und sonders vom Erdboden vertilgen.

Nun stand also das fünfte Weihnachten vor der Tür. Aus irgendeinem Grund schlug sie dieses Jahr sämtliche Einladungen aus. Stets bedankte sie sich höflich und versicherte, sie habe an Weihnachten schon seit langem andere Pläne. Allerdings erklärte sie nie näher, was sie vorhatte. Beim Weihnachtskonzert in der schäbigen, in Fertigbauweise erstellten Baracke, die als Schulsporthalle diente, band sie den Engeln die Flügel fest, zog den Schäfern ihre Felljacken über und setzte den heiligen drei Königen die Kronen auf, so wie sie es an dieser Schule schon seit vielen Jahren tat. Die Kinder, umringt von ihren stolzen Eltern, waren vor Aufregung kaum zu bändigen. Alle scharten sich um Elsa und umarmten sie zum Abschied. Und wie so oft ging Elsa auch jetzt wieder der Gedanke durch den Sinn, daß der Lehrerberuf besser war als jeder andere, besonders zu Weihnachten. Allein der Gedanke an die Weihnachtsfeiern der Büroangestellten, die bis in die tiefe Nacht gingen ... wie konnte man diese aufgesetzte Fröhlichkeit, diese falsche Jovialität nur ertragen?

»Was machen Sie denn an Weihnachten, Miss Martin?« fragten die Kinder, sicher und geborgen an der Hand ihrer Eltern.

Üblicherweise erwiderte sie darauf irgend etwas Vages und Unverbindliches und fügte dann noch hinzu, daß sie sich vorgenommen habe, nicht allzuviel Plumpudding zu essen. Doch da verkündete plötzlich eines der Kinder, die kleine Marion Matthews: »Sie fährt nach Amerika. Das hat sie uns doch gesagt.«

Hatte sie das? Elsa konnte sich an nichts dergleichen erinnern.
«Wißt ihr denn nicht mehr? Miss Martin wird zur Freiheitsstatue fahren und sich etwas für uns wünschen«, rief Marion triumphierend.
Da fiel es Elsa wieder ein. Neulich hatten sie im Unterricht in einer Geschichte gelesen, daß die Menschen sich etwas wünschten, wenn sie an der New Yorker Freiheitsstatue vorüberfuhren.
»Haben Sie sich dort auch etwas gewünscht, Miss Martin?« hatten die Kinder gefragt.
»Nein, noch nicht«, hatte Elsa geantwortet. »Aber wenn ich hinfahre, wünsche ich mir etwas für euch alle.«
Mit der Ernsthaftigkeit von Siebenjährigen hatten sie über diese Worte nachgedacht. Würde sich Miss Martin eine neue Sporthalle für sie wünschen? In einer neuen Halle könnte man so vieles machen: Ballett, Basketball, richtige Gymnastik. Elsa hatte leichthin erwidert, natürlich würde sie das tun, aber sie sollten bedenken, daß nicht alle Wünsche in Erfüllung gingen.
Die Weihnachtsferien begannen. Im neuen Jahr würden die Kinder vergessen haben, daß Miss Martin einen Wunsch für sie aussprechen wollte. All ihre Gedanken würden sich um ihre großen Ferienabenteuer und die aufregenden Geschenke drehen. Aber Elsa vergaß es nicht. Sie öffnete die Schublade und holte ihren Reisepaß heraus. Damals hatte sie anders ausgesehen, stellte sie mit einem Blick auf das Foto

fest, strahlender und nicht so verkniffen um den Mund. Aber das konnte auch Einbildung sein.
Zwischen den letzten Seiten ihres Passes steckten zehn zusammengefaltete Geldscheine, lauter Zwanzigdollarnoten. Dort hatten sie fünf Jahre lang gelegen. Und an Wert verloren. Warum hatte sie sie nicht wieder in Pfund umgetauscht? Vielleicht hatte sie es damals als zu schmerzlich empfunden, und danach hatte sie nicht mehr an das Geld gedacht. Dennoch war es ein gutes Omen. Ganze zweihundert Dollar, die sie zusätzlich ausgeben konnte, wenn sie drüben war. Sie konnte sich damit einen kleinen Luxus leisten. Und sie würde keinen einzigen Gedanken daran verschwenden, wofür das Geld ursprünglich gedacht war. Sie wußte ja nicht einmal mehr, wie es überhaupt dorthin geraten war. Hatte sie es selbst gewechselt, oder war es ein Geschenk gewesen? Seltsam, daß ihr manche Dinge aus jener Zeit noch so erschreckend deutlich vor Augen standen, während sie von anderen gar nichts mehr wußte.
Es war erstaunlich einfach für eine alleinstehende Frau, ein Ticket nach New York zu kaufen und sich über ein Reisebüro ein Hotelzimmer reservieren zu lassen. Keiner fragte, was sie denn dort wolle ... Schließlich war Elsa erwachsen, sie hatte vermutlich ihre eigenen Pläne und Vorstellungen.
Die anderen Fluggäste vertrieben sich die Zeit mit Lesen, Fernsehen oder dösten nur so vor sich hin.
»Verbringen Sie schöne Weihnachten!« wies sie der Mann von der Einwanderungsbehörde an.

»Einen schönen Aufenthalt!« befahl der Zollbeamte.
»Die beste Stadt der Welt!« sekundierte der Busfahrer.
Im Hotel fragte die Dame vom Empfang, ob Elsa einen kleinen Christbaum in ihrem Zimmer wünschte. »Manche wollen einen, andere wieder möchten lieber nichts von Weihnachten hören oder sehen. Deshalb fragen wir jeden«, fügte die Frau hinzu.
Elsa überlegte kurz. »Ja, ich hätte gern einen kleinen Baum«, entschied sie dann. In ihrer Wohnung zu Hause hatte sie seit fünf Jahren nicht einmal einen Stechpalmenzweig an die Wand gehängt.
Nachdem sie ihre bequemen Schuhe angezogen hatte – sie wußte schon gar nicht mehr, wie spät es in England gerade war –, ging sie hinaus und mischte sich unter die Menschen, die ihre Einkäufe erledigten oder von der Arbeit nach Hause gingen. Sie hatte gehört, daß in den Straßen von New York immer ein fürchterliches Gedränge herrsche und man ständig angerempelt werde. Doch die Leute wirkten recht höflich, und sie lächelten, wenn sie Elsas Akzent hörten.
Sie sah den Schlittschuhläufern in Rockefeller Center zu und bewunderte die vielen bunten Lichter, die in den breiten Einkaufsstraßen von Manhattan an jedem Baum blinkten. Fasziniert starrte sie in die Schaufenster der großen Kaufhäuser mit ihrem luxuriösen Angebot an Weihnachtspräsenten. Als sie schließlich erschöpft in ihr Hotel zurückkehrte, war ein kleines asiatisches Zimmermädchen gerade dabei, eigens für sie einen kleinen Christbaum zu schmücken.
»Feiert Ihre Familie auch Weihnachten?« erkundigte

sich Elsa. Zu Hause hätte sie es nie gewagt, jemanden nach so persönlichen Dingen wie seinen familiären und kulturellen Gepflogenheiten zu fragen. Vielleicht wurde sie hier in New York ein anderer Mensch?

»Alle lieben Weihnachtsferien. Leute sind glücklich und haben gute Laune«, antwortete das Mädchen, als wäre es das Selbstverständlichste auf der Welt.

Am Empfang lag eine Broschüre aus, die für einen »Bunten Heiligabend« warb. Es wurde ein ganz besonderes Programm angeboten: Zuerst sang ein Kinderchor Weihnachtslieder, dann machte man in einem großen Bus eine Besichtigungstour durch New York und lernte dabei auch die unterschiedlichen Weihnachtsbräuche in den jeweiligen Vierteln kennen. Anschließend gab es ein festliches Mittagessen, danach eine Schiffsrundfahrt, um wieder einen klaren Kopf zu bekommen. Die Route würde an der Freiheitsstatue vorbeiführen.

»Ist es üblich, daß man sich dort etwas wünscht, oder bilde ich mir das nur ein?« fragte Elsa.

»Davon ist mir nichts bekannt. Allerdings bin ich hier geboren und aufgewachsen, da weiß man so etwas nicht unbedingt. Vielleicht sprechen alle Besucher oder Einwanderer einen Wunsch aus, wenn sie die Statue zum erstenmal sehen«, meinte die Empfangsdame.

Elsa studierte wieder das Programm. Die Rundfahrt war zweifellos hochinteressant, aber auch nicht gerade billig. Da fiel ihr der unverhoffte Geldregen ein, die zehn Zwanzigdollarscheine, von deren Existenz sie so

lange nichts gewußt hatte. »Ich buche die Fahrt«, erklärte sie.
Es waren zwanzig Teilnehmer, Paare und Singles. Jeder trug eine Namensplakette aus Pappe von der Größe eines Eßtellers. »Frohe Weihnachten – ich heiße Elsa«. Manche Leute fotografierten sich gegenseitig.
»Soll ich mit Ihrer Kamera ein Bild von Ihnen machen?« erbot sich ein Mann. Elsa wollte ihm nicht gestehen, daß es auf Erden keinen Menschen gab, dem sie das Bild je zeigen würde. Aber der Mann wirkte so sympathisch.
»Das wäre nett«, erwiderte sie, um ihn nicht zu enttäuschen.
Während der Rundreise lernte man sich kennen. Da war das japanische Ehepaar; sie hatten vor über fünfzig Jahren ihren Sohn im Krieg verloren und eine jahrelange Brieffreundschaft mit einem amerikanischen Ehepaar gepflegt, dessen Sohn am selben Tag ums Leben gekommen war. Jetzt hatten sie sich zum erstenmal getroffen. Elsa betrachtete die vier alten Menschen, alle über siebzig, wie sie einträchtig beisammen saßen und die Köpfe schüttelten angesichts des Leids, das man ihnen vor mehr als einem halben Jahrhundert zugefügt hatte. Dagegen erschienen ihre Probleme verschwindend klein.
Dann gab es da noch eine Mutter und ihre Tochter, die sich freundschaftlich und mit solcher Selbstverständlichkeit zankten, als hätten sie das seit einer ganzen Generation so gehalten und würden es auch weiter

tun. Hier und da saßen auch einzelne Leute herum, alle aufgeschlossen und gesprächig, als wären sie alte Freunde. Der einzige schweigsame Mensch war der Mann mit dem sympathischen Gesicht, der für Elsa das Foto gemacht hatte. Während sie an dieser und jener Sehenswürdigkeit vorbeikamen, lächelte er. Er schien New York gut zu kennen, möglicherweise war er sogar hier zu Hause. Doch das wäre merkwürdig. Warum sollte ein Einheimischer an einer Fremdenführung durch seine eigene Stadt teilnehmen?

Es hatte gerade ein wenig zu schneien begonnen, da erreichten sie die Freiheitsstatue. Elsa blickte ehrfürchtig zu ihr auf. An einem solchen Ort *mußte* man sich etwas wünschen dürfen, es war ein so bedeutsames Symbol für so viele Menschen gewesen, die voller Hoffnung hierher gekommen waren, um ein neues Leben anzufangen. Sie schloß die Augen und wünschte sich, daß die Kinder ihrer Schule eine neue Halle bekommen würden.

»Es ist nicht so schrecklich wichtig«, räumte sie ein und murmelte dabei unwillkürlich die Worte. »Bestimmt hat man sich hier schon wichtigere Dinge gewünscht, aber ich habe es den Kindern versprochen. Und es wäre wirklich eine enorme Verbesserung, man könnte musizieren, Konzerte veranstalten und Sportwettkämpfe austragen. Es wäre nicht nur Angeberei. Aber leider sind keine Mittel dafür da.«

Da bemerkte sie das Blitzlicht einer Kamera; der Mann mit dem sympathischen Gesicht hatte ein Foto von ihr geschossen.

»Sie waren so ins Gebet vertieft, daß ich es für Sie festhalten wollte«, erklärte er. Es war angenehm, sich mit ihm zu unterhalten. Sie erzählte ihm von der Turnhalle und ihren Schulkindern in London, und später, als sie mit den anderen in einem Gasthaus einen Flip tranken, auch von Tim, ihrer geplatzten Hochzeit und den Dollarscheinen in ihrem Reisepaß. Und er erzählte ihr von seinem Freund Stefan, der vor sechs Monaten gestorben war. Jedes Jahr an Heiligabend war Stefan als Dank dafür, daß er in Amerika eine neue Heimat gefunden hatte, zur Freiheitsstatue gefahren. Allerdings, fuhr der Mann fort, habe er Stefan nie ein richtiges Zuhause bieten können, denn sein greiser Vater und seine gebrechliche Mutter hätten sich nicht damit abfinden können, daß ihr einziger Sohn mit einem Mann zusammenlebte. Sie hofften noch immer, er würde eines Tages heiraten und das riesige Vermögen der Familie in die nächste Generation weitervererben.

Er hatte den Weihnachtstag nie mit Stefan verbringen können. Jedes Jahr hatte er bedrückt bei seinen Eltern herumgesessen und sich bemüht, den beiden alten Leuten, die von ihm enttäuscht waren, Fröhlichkeit vorzugaukeln. Immer wieder hatte er dabei versucht, nicht an Stefan zu denken. Denn dieser saß unterdessen einsam und unglücklich mit einer Flasche Wodka in seiner Wohnung und mußte sich mit dem Gedanken trösten, daß er ja geliebt wurde, auch wenn es nicht öffentlich bekannt werden durfte.

So waren sie an Heiligabend stets zusammen zur Frei-

heitsstatue vor dem Hafen New Yorks hinausgefahren. Und manchmal spielte Stefan dann auf seiner Violine, zum Dank dafür, daß Amerika ihn so freundlich aufgenommen hatte. Die Leute hatten gelächelt; manche fanden es gefühlsduselig, andere ergreifend.
Mit Tränen in den Augen berichtete der freundliche Mann, daß er Stefan versprochen habe, ihm zu Ehren eine große Konzerthalle bauen zu lassen, damit jeder seinen Namen kenne. Stefan solle nicht einer der unzähligen Einwanderer sein, sondern ein Geiger, der diese Stadt geliebt hatte. Aber das ging jetzt noch nicht, meinte der Mann. Nicht, solange seine Eltern noch lebten. Sie sollten die letzten Jahre, vielleicht auch nur Monate ihres Lebens in Frieden verbringen können. Stefan würde das verstehen.
»Hat er Konzerte gegeben?« fragte Elsa.
»Nein, er war Musiklehrer an einer Schule«, erwiderte der Mann mit dem sympathischen Gesicht. Und da wurde ihnen plötzlich beiden klar, wie und wo das Denkmal für Stefan entstehen konnte. Warum sollte eine nach ihm benannte Halle nicht an einem fünftausend Kilometer entfernten Ort gebaut werden? Die Kinder würden sich darüber freuen, ohne sich übermäßig zu wundern. Schließlich hatte es sich Miss Martin für sie gewünscht. Und Stefans Andenken konnte in einer anderen großen Stadt geehrt werden, bis die Zeit gekommen war, da er in New York, seiner Heimatstadt, einen Namen haben würde.

Maeve Binchy bei Knaur:

Der grüne See
Die irische Signora
Die Straßen von London
Echo vergangener Tage
Ein Haus in Irland
Im Kreis der Freunde
Irische Freundschaften
Jeden Freitagabend
Silberhochzeit
Sommerleuchten
Rückkehr nach Irland
Unter der Blutbuche
Cathys Traum

»Das Wechselspiel mit den Gefühlen beherrscht Maeve Binchy perfekt. Liebe und Leidenschaft, Mut und Verzweiflung, Glück und Geborgenheit – eine Riesenmenge fürs Herz liefert die irische Schriftstellerin. Wohl dosierte Schmöker fürs Gemüt.«
Die Welt

Knaur